給中學生的信

何紫

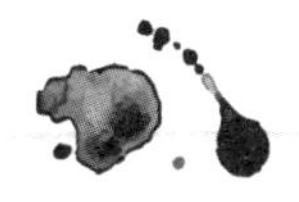

給中學生的信
作者／何紫
策劃編輯／殷嘉慧
協力編輯／羅詠恩
美術設計／陳詩韻
插圖／麥籽
出版發行／突破出版社
香港沙田亞公角山路33號突破青年村
電話：2632 0000　傳真：2632 0388
電郵：breakthrough@breakthrough.org.hk
網址：http://www.breakthrough.org.hk
http://www.btproduct.com
承印／新世紀印刷實業有限公司
2020年1月初版1刷
2025年5月初版6刷

Letters to Teenager
by Ho Chi
First Printing, First Edition, January 2020
Sixth Printing, First Edition, May 2025

Printed in Hong Kong
ISBN 978-988-8562-18-3

本書採用環保油墨印刷

成長文學

何紫 生平

何紫（1938—1991），原名何松柏，廣東順德人，香港著名兒童文學家。「山邊社」創辦人，「香港兒童文藝協會」創會會長。幼年時隨母自澳門來港，在香港完成小學及中學課程。畢業後曾任教師、《兒童報》編輯、《華僑日報》副刊編輯、《幸福畫報》特約撰稿人。何紫一直在香港多份報刊上撰寫專欄，同時致力兒童文學的創作與研究。一九七一年辦兒童圖書公司，一九八一年創辦山邊社，一九八六年創辦《陽光之家》月刊，出版社主要面向校園，為幼兒到大專學生出版普及性課外讀物，廣受歡迎及好評。

何紫著作甚豐，作品結集有《40兒童小說集》、《26短篇童話集》、《我的兒歌》、《童年的我》、《如沐春風》等三十餘種。其中小說《別了，語文課》獲評選為全國紅領巾推薦讀物；《童年的我》在一九九一年的「中學生好書龍虎榜」選舉中獲選為十本好書之一；《少年的我》於一九九三年獲得第二屆香港中文文學雙年獎（兒童文學組）；《何紫散文精選集》於二〇一八年獲得第十五屆「十本好讀」。

一九九〇年杪，何紫得知身患癌病，治療期間仍勤於寫作，以有限的時間，追尋未完的志願，為廣大的讀者獻出他最後的心血結晶，後期病情轉趨沉重，終於一九九一年十一月辭世。這段期間的作品有《我這樣面對癌病》、《給中學生的信》、《給女兒的信》、《成長路上的足印》，童話故事有《國王的怪病》、《王子的難題》等等。

給中學生的話（初版序）

近年來學童自殺的案件，斷斷續續地發生，令家長和老師們扼腕痛惜之餘，都感到束手無策。究竟是誰人在這些幼小的心靈內，埋下炸藥？又或是哪些原因，給炸藥引爆，奪去他們的生命，提早結束他們也許是多姿多彩的人生旅程。當家長悲愴的心情，漸次平復，社會因悲劇激起的漣漪，擴散消失的時候，另一宗同類案件又突然發生！大家不禁又問：「為什麼？」

何紫先生熱愛青年人，永遠懷着年輕的心，了解和接受青年人的思想和行為，渴望可以跟他們一起呼吸，也恨不得流着他們的血。青年人也很欣賞他，喜歡和他一起談話，衝破年齡的障礙，跟他做個'friend'。

當我執筆替何紫先生的遺作《給中學生的信》寫序的時候，心中悲酸，眼淚不知在什麼時候流到鼻尖，滴到稿紙上。何先生自己的生命去到盡頭，仍然記掛着青年朋友們，希望盡最後一點力量，替他們解開心頭的結，平復他們不安的情緒，不讓他們消沉，走上自毀的路上。這種高貴的情操，令我感動，而他的偉大也可以管窺。

《給中學生的信》是何紫先生針對中學生經常遇到的種種問題，例如學業上的、情緒上的、感情上的、和父母相處的、和朋友同學交往的、幾乎是青少年成長的疑難指南和心理百科全書。作者用情之深，對青少年問題了解的廣泛和同情，下筆很多時説到他們的心裏去。可喜的這不是一本説教的書。何先生講故事，一向受小朋友歡迎。他書中的每一封信，其實是在講一個故事，所以讀起來很容易投入；每一個故事，都可能是讀者經歷過或體驗過的，很快便引起共鳴，永遠不會覺得沉悶或失望。除了趣味性高、牽引力強之外，它也是一本「隨身讀」，就像 Walkman[1] 一般，可以隨時隨地拿出來，打開書來讀一段，不必記着上文下理，每個故事都是獨立的，也很短，隨時可以停下來。

《給中學生的信》給我一個舒暢的週末下午，讀後很有衝動跑到青少年羣中去介紹這本好書，因而説了以上的話。

鄺志雄

前教育署圖書館館長

一九九二年初春

1 Walkman，是日本索尼公司（Sony）在一九七九年所推出的一個隨身聽品牌，而隨身聽的中文名稱即是由「Walkman」轉變而來。

無微不至的何老師（再版序）

八十年代初，我結婚，搬到西營盤。山邊社剛好也在般含道開業。當時，我和外子的大學記憶裏徘徊——陸佑堂的鐘樓、英皇書院、莎蓮娜西餐、正街、列提頓道、聖士提反女子中學、大樂天上海菜、山邊社……山邊社是個小書店，也是出版社，位置就在正街口。我認識了何紫先生和何太太，後來更參加了《陽光之家》（何紫先生主編的校園文學月刊）的專欄行列。何紫先生的生意不大，資源有限，但還是斥資出版了我的詩集《日出行》和散文集《彩店》，因此更成了我的伯樂和恩師。

他寫這本書的時候，一定很認真、很投入。他把整副心神都灌注到他的收信對象身上，毫無保留。像父親也像朋友那樣，他為年輕人分析問題、提供資料和具體的解決困難的辦法。在書裏，他很有智慧地佈置了一個必須通信的環境，作為這本書內所有故事的場地。書裏的少年人都一度是他的學生，他們一旦面對難題、考驗，或感到無力、孤獨，或不慎犯錯，就會寫信給老師，或直接來到他家裏找他和師母，向他們訴苦或求救。何紫先生很巧妙地省略了學生來信的部分，只用他的回答一邊幫助學生梳理問題，一邊引領讀者明白這個學生的成長背景、遭遇和心情。他還有意無意地點出學生的模樣，性格、優點、缺點和小動作，使收信人的形象生動自然，讓讀者更容易明白他們之間的對話。

書的開首，這些孩子在讀中一中二，寫到後面，孩子們很多已升上了中四。這種漸進式的自然過渡，讓讀者和孩子們一同成長起來。作家能考慮到的細節，何先生全都照顧周到，令人敬佩。

一開筆，何紫先生就帶給讀者驚喜。這一段，有一個副題，叫做「磨針的傻婆」，説的是小學課本裏必然出現的故事。何紫先生竟公然和這個權威的故事「作對」，一息間馬上抓住了讀者的好奇心。他説，我們常用一句成語：「只要功夫深，鐵柱磨成針」。但是，這話也有負面影響的。為什麼？因為這樣做述説了持之以恆這優點，卻沒有讓年輕人明白人必須用更靈活的方法操練自己的頭腦。與此同時，何紫老師又把一個叫做「培養危急感」的概念告訴學生：「人常常是這樣，當你發覺你住的地方失火了，你立即會產生強大的求生意志，比平日聰明。」他甚至把大腦運作的知識詳細地告訴學生，幫助讀者更了解自己的學習過程。

除了學習，何紫老師還對少年人的遭遇感到難受，同理心躍然紙上。好些學生的父母生病，或做了「太空人」，甚至離異，讓少年人痛苦萬分。何紫先生對他們循循善誘，盡量幫助他們解

開心結。他告訴孩子們如何把書讀好，爭取自信和美好前途，以「阻截苦難的延伸」，並且接受現況，盡量孝順父母。

除了教導學生面對他們無法不接受的現實，何紫先生還會啟發他們檢討自己做人的態度。在不同的回信中，他指出誰的脾氣須要控制、誰過於「孤芳自賞」、誰落入了反叛的陷阱而不自知、誰的生活缺乏秩序、誰的疑心太重、誰太容易墮入愛河、誰因身體太差而失去信心（他連食療方子都提供了呢）……

這本書，中學生固然要看，高小學生也要看，大學生更要看——好追回不慎失去了的青蔥歲月。

胡燕青

二〇一九年於荔枝角美孚新邨

歷久常新的道理（再版序）

爸爸的遺作《給中學生的信》再版，又一次給我機會翻開歷史，看爸爸走過的路，讀爸爸寫的人生道理，每次都給我啟發良多。

何紫在一九九〇年十二月確診肝癌末期，當時醫生估計他大概只有三個月壽命，他仍努力編書和寫作，並如常在香港多份報章上撰寫專欄，因他太喜歡寫作了，他有太多話想跟讀者分享，他説過，創作就是他最好的藥，寫後有盼望，有喜樂。

也許這種叫「創作」的藥真的見效，一九九一年四月至十月期間，他還有精力可以在《香港商報》寫一個名為「淺藍色的信箋」專欄，每日一篇，以中學生為對象，這段時間他多次進出醫院，在病牀上仍堅持寫作，每有疼痛，便用枕頭按着肝部，繼續書寫。無奈他的病情漸趨嚴重，終於一九九一年十一月三日辭世。後來此專欄的文章被輯錄成書，《給中學生的信》便首度於一九九二年五月出版。

如今本書再版，我衷心感謝賜序的鄺志雄先生和胡燕青老師，他們兩位都曾經為我父親創辦的《陽光之家》月刊寫專欄，

我知道當年的《陽光之家》一直在虧本的狀態下經營，給作者的稿費非常有限，但仍能匯聚許多有分量的作者、有意義的文章，相信他們都是被何紫的熱誠所感染。《陽光之家》讀者對象是中學生，內容卻不走潮流文化路線 —— 雖然這能賣得更多，何紫深明學生需要逆流而上的健康精神食糧。

爸爸對青少年的愛護和關心，盡顯於他一生的工作和所寫的文章。他對自己的子女也是忙碌中顯關懷的，當年他寫本書的文章時，我正負笈海外，初次離家遠去，生活上有許多不適應，他便寫下〈給美愛的信 —— 五個方向〉，筆下的美愛移民後生理和心理都遇到一些的問題，其實正是我留學初期的問題。爸爸把那連續七天刊登在報紙的專欄影印，用粉紅色螢光筆塗上重要的句子，在旁邊寫着：「薇，這些話語對你很適合呢！」遠洋送來窩心的鼓勵，至今我仍保存着這份剪報。

本書寫的全是爸爸對年輕人的肺腑之言，當中的道理歷久常新，每一代的中學生也不容錯過！

何紫薇

寫於二〇一九年父親節

目錄

給俊偉的信

再見，抑鬱

抑鬱少年

那天在商場門外遇見你，真是喜從天降，可惜你趕往看電影，只在路邊聊了一陣。你仍像小六時那樣，喜歡談一下就執着我的掌背，但你眼含抑鬱，失去少年的朗笑聲，難道少年人必會進入一個抑鬱期？

今天收到你寫給我的賀卡，你說祝賀師生重遇，我倒要謝謝你沒有忘記舊老師。你說自中二開始，就屢嘗挫敗的滋味，功課退步了，學校教師對你冷淡，同學中知交無一人，父母對你的學習又不聞不問，每次測驗後就患得患失，一時想今次答得好，一時又覺得答錯了不少，但卷子派回來，都常叫你灰溜溜，並且覺得老師扣分太嚴，對你有偏見，同樣的錯誤，你的卷子扣十分，看看平常成績好的同學，只扣五分，你覺得人就是這樣「愈衰愈畀人踩」，雪中送炭的不多，最近報紙報導有學生自殺，你竟覺得不稀奇……總之，不開心如一團悶火，老困在心中，回家見忙忙碌碌的爸媽和幼稚的弟弟，傾訴亦無門。

磨針的傻婆

你小學時代成績不錯，為什麼到中學就退步呢？其實這不只你一個，不少中學生碰到這煩惱，尤以女孩子為然。原因分析起來有兩個。第一，小學生知識的初階，如寫字靠耐性的，學習課文靠多讀強記，只有數學要稍稍開動腦筋來理解，一個學生，只要肯用功，成績都會不錯；但到了中學，知識開始深化，很多科目靠多讀強記也不濟事，要腦筋靈活，注意學習方法，從理解入手，因此，如果不及時轉換吸收知識的方法，仍然用小學那一套，中一還可以保持滿意的成績，到了中二，就會漸感吃力了。古時有一個老婦人，拿着一根鐵柱在石上磨，人問她幹什麼，她說：「只要我天天努力去磨，總會磨成繡花針。」於是，日後勉勵別人努力不懈，要有鍥而不捨的精神，都會借用這故事寫出一句成語：「只要功夫深，鐵柱磨成針。」但是，這老婦如果來到今日的社會，一定被淘汰。

第二次「戒奶」

升上中學，最初會不適應教師對學生的感情淡薄。小學教師會把學生當成兒女，因此對學生會多習慣叫學生做「傻豬」，有一次我到一位小學教師家裏作客，發覺她呼喚兒女，也叫他們做

「傻豬」，她說在學校這麼一叫，學生都像自己的兒女。

但中學教師一般覺得學生長大了，而且少年人的心理很奇妙，十三歲左右是第二次心理「戒奶」。第一次係幼年時真正「戒奶」，不吃奶了，吃「糊仔」啦；誰知到了少年時候，又會來一次「戒奶」，是不要依附父母師長了，心裏覺得爺爺、爸爸、媽媽，或對老師表示親暱，是很難為情的事。這時候喜歡同齡人三五成羣，暢所欲言，老師感到學生不顧他，也就相應地不會視學生為要照顧的兒女。這種感情反應，就是對學生疏離，學生感覺是老師冷淡。俊偉，你先不要以為老師只對你冷淡啊，其實中學老師與小學老師比較，較冷淡是必然的。

你有疑心病？

看你給我的信，我覺得像你這樣的情緒，在中學生中很普遍，要轉變是不難的。開放你的心吧，把你的不安告訴你信任的老師，跟同學説説你的心事，千方百計讓快樂來佔領你的心靈，你必會心境寬暢，頭腦冷靜，心緒恢復寧靜。

疑心重的人不會快樂。你先問一下自己幾個問題：

1. 常感覺別人在背後議論你嗎？

2. 你覺得不少同學思想幼稚，沒法與你合得來嗎？

3. 同學或朋友請你留下地址、電話，你會猶疑不安？

4. 你若遺失東西，第一個念頭是給人偷了嗎？

5. 有人對老師很好，你覺得這人在「托大腳」嗎？

6. 你看見男女同學談得投契，你即認定他們有戀情嗎？

以上的問題，若你四條或五條都答「是」，你確是個疑心重的人。若要快樂，先得去掉疑心病。小學時你是個快樂的大孩子，像蜜蜂般喜歡嗡嗡嗡的響個不停，顯然，快樂是你的本性。

播種快樂

我知道你爸爸媽媽都很忙，家裏弟弟年紀小，好像家庭沒有給你什麼快樂。其實，快樂是要自己去尋找的，快樂不會飛到你口袋裏，任你花費；快樂又常常是先施予，然後多多收穫。你認識炳基吧？他有一個患小兒麻痺症的弟弟，炳基很疼他，放

學第一件事是進廚房為他做些小食，有時給他講故事，假日又喜歡推輪椅帶弟弟逛公園。弟弟知道哥哥對他好，就常常為哥哥錄起電台的好歌和電視的好節目，哥哥回家他就快樂得像小鳥。把看見的、想到的都告訴哥哥。爸爸媽媽知道他們兄弟情深，十分高興，也因而很關心炳基。炳基説，有一段時間，媽媽因醫治弟弟的病花了不少錢，卻不見效果，十分苦悶，脾氣很壞。炳基覺得他為家庭帶來了快樂，心裏也很舒暢。炳基的例子，對你有啟發意義嗎？對家庭、對同學、對老師，其實也是一樣，你施予快樂，不久必會大量回收，如果你處處防範別人，疑心別人對你不好，關閉自己的心，快樂只會遠離你。

學習加速器

讀書要講心情，這話一點也沒錯，你的學習成績漸漸下降，我看就是一個「惡性循環」—— 當測驗卷派回來，發覺退步了，心間生了挫敗感，又發覺老師扣分不公平，就疑心老師對你有偏見，於是心裏不快樂，下次拿起這科目的書溫習，因為受過挫折，心煩意亂，對老師又有不滿情緒，這樣攤開書本，無法學下去，也因不愉快的情緒糾纏而丟三拉四，無法提高學習效率，於是下次測驗又來一次挫敗……這樣惡性循環下去，功課哪能不愈來愈差呢！現在看來是趕緊找回你的「學習加速器」，什麼是「學習加速器」呢？就是愉快的情緒。這一次我們師生重遇，對我來說，是喜從天降，三年前我愉快的教學經驗引起了我快樂的回憶，還有你們那一屆的學生對老師很「嗲」，親切之中有家庭氣氛。你小學畢業後我也離開這小學，出外深造去了。你會珍惜這次快樂的重遇嗎？我多希望能再給你的心田灌溉欣悦。

再見，抑鬱

昨天你給我的電話，我感覺你在摸索，你在勇進，你已經找到爬出黑洞的路。你説你第一次替弟弟洗澡，你發覺他洗澡時特別開心，對你説了很多天真話，逗得你不停大笑。你發覺過去只會埋怨這是個煩悶的家，但你嘗試在家裏撒播愛快樂的種子，家庭就有生氣了，媽媽下班回來，看見你已為她煲好了老火湯，弟弟又嘻哈地笑，她一天疲累也消散了，快樂的媽媽因而也感染這家庭。你看，播種快樂其實一點也不難，叫我更高興的，是你跟班裏四個同學結成「互相幫」，這名字不錯，你們相約定期到你家來齊齊「鋤書」，有似耕耘的農人鋤土。只要齊心，又有要攻克的目標，四個人相互切磋，會容易調動起快樂情緒，這是克服挫敗感，建立成功的灘頭陣地的好方法！

快樂又回到你的心窩，如同離巢燕回家了，願你把「抑鬱少年」這惡名除下，做個成功快活人！

給紫蕙的信

分享與分擔

印象深刻

前天你給我一個電話，真奇怪，聽見你清脆爽朗的聲音，我馬上就想到是你。雖然我們已有兩年不見，但大腦貯存你的影像與個性，印象很深，你的聲音來到耳鼓，無須檢索，立即就喚起一切記憶，還記得兩年前一個冷雨的寒夜，你和阿娟到琴行街我的家來探我。阿娟告訴我她有一個溫暖的家，卻因為移民困擾，爸爸先到彼邦去，本來兩個月後阿娟和媽媽起程了，不料檢查身體時，媽媽發現患了肺結核病，這樣一家團聚的日子又要延擱了，阿娟為此很不開心，你陪阿娟來看我，想我為她開解。那天窗外寒風冷雨。阿娟低聲說，媽媽懷疑爸爸在彼邦搭上了一個女人，如果這回去不成，一年半載後便不堪設想。但肺結核病不能急躁，不能憂心，打針後半年，病可得痊癒，到時 X 光片上說明結核菌消除掉，領事館的新簽證才會發出，但是偏偏阿娟的媽媽憂心如焚，阿娟在長途電話中告訴爸爸，爸爸反說：「她攞嚟衰！」記得當時我聽了這件事，也只能呆呆地面對阿娟。

為別人急

紫蕙，你急人之所急，阿娟説你陪她哭過，阿娟回家不敢哭，怕影響媽媽的病，你成了阿娟最好的傾訴對象，但你説你只會聽，只會為她黯然神傷，卻不會為她分析，不知如何給她鼓勵。記得那天晚上，師母煮了芋頭椰汁糖水，趁糖水沸熱，端出來每人一碗，就靠糖水燙熱每人冷凍的心。我因為搬家在即，心神不屬，當時能為阿娟做什麼紓解的工作？只會説：「事情會好起來的，肺結核早有特效藥。」接着就啞然。後來好像安慰了她幾句，你們就告辭了。第二天，我們搬家了，搬到西區般含道那邊，卻在混亂間掉失了一本通訊冊，因此我曾答應搬家後給你和阿娟一個電話，都一一食言。想不到兩年來，你從俊偉那兒打聽了我的電話，就使我喜出望外，在一個寧靜中的下午，我聽到了久久不聞的你的清脆爽朗的聲音！我終於有機會聽到阿娟的家庭困擾的結局。半年後，母親的病好了，順利成行，但到彼邦後確知爸爸與另一個女人同居……但我關心的是阿娟。

是非恩怨

紫蕙，你説得對，青少年人面對父母不和的困擾，不應太執著。通情達理的爸爸、媽媽曉得站出來安慰兒女，可惜他們亦常常是在煩惱迷霧中，兒女只能獨自苦悶，但苦悶是沒有用的，不如「少理」，自尋快樂和自己找傾訴對象去。以下有幾個原則不妨轉告阿娟。第一，不要怨恨，如果做兒女的又加入父母不和的怨恨圈內，變成多角的怨恨，事情會變得更複雜。無論是與非、恩恩怨怨，都以他們兩個為終結，做兒女的無論聽到哪一方的怨訴，也別記恨記怨，原諒父母，你是他們的孩子，就多存一份愛好了。第二，關心弱者，在不和的兩方，可能有一方是「弱者」。例如阿娟的媽媽，患過肺結核病，爸爸又與另一個女人同居，她心情難受是可以想見，阿娟就原諒他爸爸好了，但同時好好地關懷媽媽，給她更多的愛和關心，以支持她度過情緒上的惡浪。第三，不要自卑和自怨自艾，問題發生了，做兒女無法選擇，而社會複雜，使人的感情也不那麼純淨，父母不和，甚至婚變，做兒女的就要學會保護自己，不要讓自己做成「心理殘障」才好！

單親家庭

阿娟做得很好。聽你説，她仍每星期去探爸爸一次，讓父女聚一下，她領受父親的愛與關懷，同時不停提醒爸爸他還有對女兒的責任，阿娟又放棄在設備優良的學校宿舍，寧願每天放學，花一小時多的車程回家，就是要和媽媽一起住，不要讓媽媽感到孤單寂寞。知道她在彼邦的新校園，很快適應，成績優異，

和「鬼仔」、「鬼妹」已融和一片，這說明她沒有因父母分離而影響心理，阿娟顯然是單親家庭的好榜樣。美國單親家庭的孩子比例較香港大得多，但孩子因而變成問題兒童或「垮掉的一代」的不多，都能一切如常；香港單親家庭漸增加了，對單親家庭的成人和兒女的輔導，成為社工的責任，我看讓事情淡化反會好，給孩子一些鼓勵和說明，其他一切如常。面對家庭問題，青少年人常常反而有心理負擔，容易產生自卑感。其實，若當成環境的動力，更加發奮、更為自愛，更敬愛被放棄的一方，常常可能壞事變成好事。祝福阿娟，她已平穩過渡。

「我行我素」

紫蕙，我欣賞你把朋友的困難當作自己的困難的稟賦，從兩年前你帶阿娟來看我，到後來她出國後你仍與她書信往還，關心她的生活，並為她擺脫父母不和的精神困擾，現在你為她快樂而快樂，高興地向我講及她的近況，好像一切你曾經歷，今天是你走出困境似的，你可以告訴我，你是怎樣想的？為什麼你不多想自己的事？關心別人的事，你不會認為是浪費時間嗎？

在我的學生裏，有不少是「獨善其身」的奉行者，自己的衣飾、自己的肌膚、自己的體重、自己的身材、自己的書包、自己的儀容、自己的言行，甚至自己的 Boyfriend，這都是非常非常重要，可以弄得很有品味，但自己以外的事，「話之佢啦！」這是他們的慣用語，他們大都不認為這叫做「自私」或「利己主義者」，而叫做「我行我素」，或者自我欣賞地說：「保存真我。」

我常常沒有辦法説服他們，於是一個班三十五人，就是三十五顆混不攏的砂粒，產生不了任何羣體的力量。

哭得像個淚人

你迅速的回覆，使我知道你不但説話清新爽朗，而且行動灑脱爽快。

你説你關心別人的稟賦是從母親傳來。她的一位同事患重病入醫院，但家中除了一個七十歲的老人，別無親人。媽媽送她往醫院，為她煲營養湯，有一個多月時間，你陪媽媽去送湯水，後來眼看朋友痊癒，媽媽和你都感到很歡喜。以後這位姨姨常常到你家來，如同親人。兩年前她結婚了，嫁到美國去，走前依依不捨，送機時摟着你媽媽哭得像個淚人，這兩年來書信不絕，常寄生活照片來，最近她誕下個肥仔，也竟寄出兩張來回機票，要你們到那邊飲肥仔的滿月酒……你説人與人之間因真心的關懷而建

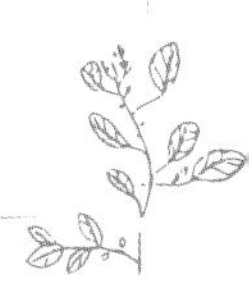

立珍貴的友誼，你從母親處體會很深，你父親早離開人世，但友誼使你母親從不寂寞。而一些眼裏只有自己的人，他（她）只是走一條孤寂的小路，朋友愈來愈少，知交無一人。如果少年時代即形成，只有自我的性格，他日就會不善於真誠與人溝通，到頭來自吃苦果。

分享與分擔

知道你下星期日會來探我，我翻了一個晚上的舊照片，終於找到了，你小學畢業時送給我的照片 —— 大眼睛、圓圓的臉、微曲的長髮，帶着傻笑，我把舊照片與今天的紫蕙對比一下，外貌有什麼變了？我想你大概會瘦了一點，「瘦」一點之外，還會「秀」一點，顯得更有秀氣，我想我一定不會猜錯。

你還約了「歌王」張力明來？那太好了！現在時髦卡拉 OK，他一定有更多顯身手的地方，記得他是一隻快樂的百靈鳥，常常唱歌，你卻常常投訴，説他吵耳。後來派位一起派到同一間中學，轉眼兩年多，他參加了學校的「聲樂學會」，還策劃了兩場小型歌劇，演出成功，你是這歌劇的舞台監督，過去常常投訴他的人，今天卻是他最有力的贊助者。

友誼最可貴，人與人的調協、合作和互相欣賞最可貴。而阿娟的遭遇，又告訴我煩惱不能困守，得着了知心朋友，就要讓朋友與你分擔。

給曉翔的信

自我策勵

急想起步

「傻傻瓜瓜的做了兩年中學生，到今年才開始懂事，老師，現在起步發力會太遲嗎？」你問得好。

曉翔，我有一位姓方的朋友，家人從大陸移居香港，他進入一家中學，也是讀第三年，但他的英文，只有小學五年級的程度，其他科目除了國文科較好，數理還可以，其他各科，第一個月全赤字。但他家人不停的鼓勵。他借助小錄音機，每次上課把老師教的錄下來，回家後就再苦讀、苦學——每天早上五點鐘爬起牀，按照計劃再複習。到一學期終結，他竟沒有一科赤字，我說的是八年前的舊事了。更驚人的是中五會考[1]那年，他得到七優二良的優異成績，叫學校的老師詫異，叫同學欣羨和佩服，現在，方同學已經身在美國波士頓，獲得一筆獎學金在彼邦攻讀物理。他說希望成為一個科學家，志向堅定，方同學已經踏上成功之路。這例子對你有啟發意義嗎？

綑住心魔

曉翔，和你舉例說了一個方同學的真實故事。你也許覺得像方生那樣，「瞓晒身到功課中」，是百中無一的，這常常只有從內地來的新移民，才有這麼一股「傻」勁。「香港仔」在舒服的環境長大，除了學業，吸引的東西太多了，廳子裏某劇集的主題曲旋律響了，電台傳來的勁歌金曲，打開抽屜可能有不少電子遊戲機的磁碟，舉頭牆上有名牌羽毛球拍懸着……這些吸引力比功課更大，於是，星期日下了大決心，要開始用功，把一切外界吸引「驅趕」門外；但到星期一晚上，電視節目有一項精彩的羽毛球賽，就受不起「引誘」，衝出廳去呆呆坐在梳化上，把什麼決心全丟到腦後。

這也許是個難題：怎樣把注意力集中起來？怎樣綑住「心魔」，拒絕引誘？怎樣使自己的意志力可以讓你回到「刻意」鑽研、認真求學的路上來？

你有耐心聽，我就試試和你探討吧。

有危急感

人常常是這樣，當你發覺你住的地方失火了，你立即會產生強大的求生意志，比平日聰明，去找尋生路，或者找毛巾去濕透水，包裹自己的口鼻，這些以前沒有人教過你的，不但「失火」如此，其他事情都會這樣，在危急時會產生異乎尋常的潛能。

現在，你對功課仍處於懶洋洋的心理狀態，心裏沒有一種「危急感」，似乎距離會考還遠，功課好不好還不致立即有什麼不妙的事發生……其實你冷靜分析一下，就知道現在必須下苦功學習，把一切與學習無關的事情暫且放下，你兩年中學生活幾乎白白過去了，中學五年，還有多少年讓你懶洋洋下去？此刻已是燃眉之急了！想像一下，多麼危急啊！

現在立即認真起步，一切都不會太遲。當然，中一開始就鑽進功課去，基礎會打得更好。

寫個計劃

把鬆散了的心管束起來，除了要有「危急感」之外，還要有決心和毅力。曉翔，我知道你決心是有一點，就是缺乏毅力，下了決心，要變成切切實實的行動，勇往直前，就要靠毅力這匹

「長途馬」，我真願意送你一匹日行千里的長途馬！好吧，我就具體地提出幾點助你排除雜念、一意行動的辦法吧，希望你就以之作為我送你的長途好馬，認真策騎！

第一，立即着手訂一個計劃，這個學期要鞏固哪些科目的功課？總要有個輕重之分，不能都一起全力以赴。要學好這些科目，打算用些什麼辦法呢？這是計劃的第二部分，比如，到外邊找補習，請父母為你找個星期日補習教師，上課保證留心聽講，不明白立即下課問老師及同學，回家複習時，花多一點時間在這些科目上，或借助小錄音機錄下老師的講課，回家再重聽，以幫助複習……這一類辦法要靠你自己依據實際情形去設計，把可行的方法一條、一條列下來。計劃要寫得詳細、周到一些，我希望你寫好後給我看看，可以嗎？

「早車」與「夜車」

學習必須講求方法，用上好的方法，就容易把課本的東西掌握起來，因此，當你要訂一個好的學習計劃，就要多想想有效率的方法。其中有兩個要訣，你試看研究使用吧。一是分輕、重、緩、急，把要學的東西分一個主次，重點的、急用的集中火力進攻。二是把一天作息時間分配好，例如：

1. 早上五時起牀，趁頭腦清醒，讀一些要強記的功課，因為這時候最容易記得牢固；

2. 早上讀書一小時多，準備上學；

3. 到下午放學回家，休息一小時（可以去洗澡），就堅決不看電視，不聽收音機，把耳機藏好，曉翔，你要堅拒「誘惑」，集中精神複習當天教的功課；

4. 晚飯後，休息半小時，即溫習以前學不好的科目，英文新詞彙、生字一定要當天記牢、串熟，不要天天堆積；

5. 晚上十時就寢，這樣一晚睡七個小時，睡得熟是足夠了，注意開「早車」比開「夜車」好，熬夜不是好辦法。以上兩點，請寫到計劃上，總之，要使學習有方法、有效率，還應多想一些方法！

自我策勵

曉翔，我知道你過去的毛病是容易精神渙散，因此，要把鬆散的心管束起來，對你是何等重要。你現在有了決心，只怕沒有毅力，計劃也寫得很詳細，只怕變成「紙上談兵」，沒有化為行動。

這裏我亦試試給你提供兩個方法。第一，在房裏張貼些鼓勵自己的文字條幅，可以自己寫，也可以請書法好的長輩為你寫，內容例如：「一腳踢走引誘，兩手抱緊時間。」「現在發力未為晚，再遲一步變蝦蟆。」「曉翔曉翔急飛翔，否則戰敗會考場。」「我要努力讀書，報答父母親恩。」「寒窗苦讀三五載，大學之門為我開。」「每天在牀問自己，心中懶蟲除清未？」你還可以設計一些話語，鼓勵自己，也可以只寫幾個蒼勁有力的字，壓在桌面玻璃下，如:「努力！」「誓不鬆懈！」「苦學成功！」等創設一種氣氛，給自己不停的自勉自勵，可不要看輕它的作用啊！

曉翔，如果你有求於我，我會答應寫些字幅送給你。

誰來監督？

用座右銘來自我勉勵，是方法之一。還要自己設置些監督。因此，我建議你把計劃的副本交給一個可信賴的人，當然最好給爸爸或媽媽，或者一位自己佩服的老師；或一位耿直可靠的朋友，請他做你的監督者，每三天或每週檢查一次，查核你有沒有依計劃行事，每天鬆懈過幾回？或者都做到了，做得滿意，這樣，每次一個給分，記錄你實行的成績，如果你精神渙散了，他能給你當頭棒喝，催你猛醒。這個監督人你要順從他，自動接受他的查

問，你心裏怕做不好，給監督人責備，自然會加幾分努力，執行計劃的行動就有保證。

曉翔，說到底還是要靠你自覺性增長，自覺性就是長輩鼓勵你——「要生性做人」的意思，如果你仍要混混沌沌過日子，那麼誰也只會對你搖搖頭，無法對你有什麼幫助。時序正是春夏之交，萬物蓬勃生長，你抓緊這時機，急急起步吧！

1 中五會考，正式稱為「香港中學會考」，一九七八年開始舉辦，隨着新學制和香港中學文憑考試的推出，香港中學會考於二〇一二年起停辦。

1
2
3
12
11

給美娟的信

不甘平庸

「醜小鴨」不醜

你説你一直佩服那些頭腦機靈、常常有創意靈感的同學。最近，你應學校戲劇社的邀請，寫一個十五分鐘的獨幕劇劇本，你看了一些外國獨幕劇集之後，就動手寫，假日用了一個上午和下午，劇本就寫好了。戲劇社的導演看過，稱讚了一番，認為可以上演。你高興極了。你説：「嘿！過去一直只會佩服別人，現在才感覺自己也有創造才能。」但你又似乎信心不足，你的長信，説了你的喜樂，也説了你的不快，「我也曾給家人看成一隻『醜小鴨』，時常説我蠢。」

美娟，我想給你一堆形容詞，你要用不超過十分鐘時間，挑選十個你認為最恰當説明你性格的詞彙，注意，不可挑多於十個詞，可以少，不能多：精神飽滿、虛心、性急、有獨創性、有主見、有遠見、觀察力敏鋭、做事精神投入、創新、有朝氣、堅強、不滿足、不拘禮節、熱情、孤獨、好奇、一絲不苟、心地善良、無畏、嚴於律己、機靈、不屈不撓、懶洋洋、樂於助人、謹慎、柔順。

計分方法

美娟，如你再按照以下的計分方法，你會馬上知道自己是否有創造才能——

1. 這二十六個詞彙，如果你挑的十個詞彙之中，有下列的形容詞，每個詞可得十一分，例如你挑到五個，就共得五十五分。

   精神飽滿、觀察力敏鋭、不屈不撓、柔順、有主見、有獨創性、無畏、創新、好奇、有朝氣、熱情、嚴於律己。

2. 如果你挑的詞彙有下列的形容詞，每詞可得五分。

   有遠見、不拘禮節、虛心、機靈、不滿足、一絲不苟、堅強、做事精神投入。

3. 選其他詞彙，只得零分。

你挑選的詞彙照以上計分方法，纍加起來，你得多少分呢？你若得六十六分至八十分，你有良好的創造能力；若得八十一分至九十分，你有優秀的創造才能；如果纍加分數有九十一分以上，你是有非凡的創造才能！得六十分以下，創造才能平平。

快樂和希望

這套方法，設計人是美國普杜斯頓創造才能研究公司總經理勞德塞，他根據幾年來對善於思考、富有創造力的科學家、工程師和成功人士的個性和品質的研究，設計了這套簡單的試驗，我又從中按中學生的情況，修改了一下。

這二十六個形容詞 ，有六個與創造才能沾不上邊，選了只得零分；另外二十個，其中十二個很重要，每個佔十一分；八個次一點重要，每個五分。分析一下很重要的十二個，為什麼對初步研究一個人有創造才能所必須？

在一個人的性格裏，常抱積極的態度十分重要，沒有這種心態，就沒有創造的慾望，不會看見一盒模型就想砌，也不會參加各種公開比賽，讓自己的能力接受挑戰，在這十二個形容詞裏，表示你有積極的人生態度的，在：精神飽滿、熱情、有朝氣這三個詞。你可有挑選最少一個嗎？

人生態度大致有積極和消極兩種，當然也有中間狀態，但人漸漸長大，必會有一個趨向。

觀察力敏銳

只有懷抱裏有喜樂，有盼望，才會產生創造能力的才華，這一點是十分清楚的，在每個佔十一分的十二個形容詞裏，有三個表示積極的人生態度。另外的一組是：好奇、觀察力敏銳、有獨創性、創新、有主見，這五個詞彙你又選了多少個？

這五個詞彙就接觸到，創造能力的核心了。

好奇是人所必須，沒有好奇心，一切創作慾都無從產生。小孩子看見廚房的蟑螂會爬、又會飛，都瞪着眼看，漸漸又會思索牠為什麼不常飛？為什麼少用翅膀？……這樣好奇心不絕，就會有探索大自然奧秘的興趣，好奇心無處不在和好奇心強烈，成為性格一部分，這個人肯定有創造能力的才華。

觀察力敏銳的人，看過日出日落一兩次，就能分辨照片裏的是朝陽還是夕陽；看看老師的表情，就知道一會兒派的卷，大部分同學成績滿意還是不滿意……你可有敏銳的觀察力嗎？如果你有，你就具備創造能力的才華。

創意在搏動

有獨創性和創新有相同的意思。美娟，你有獨創性嗎？這不是什麼高深的東西，就是他人沒想到，你想到了，就是獨創性，有時看一個人對物品運用會愛惜，對衣着會匹配顏色，露營時你善於面對野外活動的挑戰，讀書的方法巧妙……都可以看到一個人有沒有獨創性，有的人腦袋裏不斷有新鮮的念頭，創新意念常常在搏動……有沒有創新性格，自己最清楚。

有主見——這也是一個值十一分的詞，不少人口頭禪就是「是但啦！」「隨便啦！」「無所謂。」這種人哪裏會有主見？人要培養有自己的見解，自己的主意，決不能「人云亦云」。

好奇、觀察力敏鋭、有獨創性、創新、有主見——這五個詞彙你挑了兩個以上，才算得上有點創造能力的才華，你挑選了沒有？餘下值十一分的詞彙還有：不屈不撓、柔順、嚴於律己。創造才能的發展是可能有波折的，能夠柔順而不易摧折，能夠不怕失敗，一次一次試驗下去，並且不散漫，嚴格要求自己，那麼，成功必可得，所以這三個詞每個值十一分呢。

不甘平庸

那八個值五分的形容詞——有遠見、不拘禮節、虛心、機靈、不滿足、一絲不苟、堅強、做事精神投入，你挑選了哪幾個？

一個有創造才能的人，一方面做事專注，精神集中，他可以很喜歡玩，玩到很「癲」，一旦工作或學習時，他又會心不二用，精神投入。所以不拘禮節（就是做人做得「放」，不會呆板）和做事精神投入，每個詞值五分。

有遠見的人不會只看見鼻尖下的利益，他看得遠看得闊，不小器，心胸寬大，創造才能不會出在「小器鬼」身上。而堅強是戰勝困難所必須；虛心就能採納別人的好意見；不滿足才會有進取；機靈才能有揮灑、活潑的思維；一絲不苟就是認認真真地做，並希望盡量做得完美，這些詞每個值五分是有理由的，缺了它仍然可以有創造才能，但會打折扣了，因此跟佔十一分的詞不同，卻也十分重要。你分析一下這些詞彙的含義，並看看自己做得到否，這樣，你會策勵自己，不甘於做個平庸的人。

鮮活的創意

平庸的人就是精神空虛、人云亦云、畏首畏尾、自由散漫，這種種當然不會出現在你身上。但有兩點要注意，一是在不順心順意時，也不要灰心，放棄對自己的要求，所以就有「不屈不撓」和「堅強」的形容詞放到你面前；二是清泉要活水，你要保持自己旺盛的創意慾，讓創造才能推上高峰，就要像水泉有各方的活水湧來，這活水包括書本的知識、生活的體驗和開闊的眼界。

記得有一次你很驕傲地告訴我：「我有六張圖書館借書證。」成為圖書館的常客。你有福了！源頭活水，相當部分來自書本，每本書都有作者的心血，讀一本書，就是體驗一個作家的心路歷程，或者讀科學的書，讓你對自然界認識更深刻。

我不怕遭遇痛苦的經歷，譬如染病要進醫院，甚至要進手術室，我就認為是一次人生體驗的機會。朋友自遠方來，我亦珍惜那種快樂的感受……生活無處不在，有苦有憂，那是活水源源而至；你去體會它，你就是個鮮活的「創意人」！

給雄達的信

理想與現實

二優三良

你先後給我兩封信，但是，你總是匆匆忙忙，沒有留下回信地址，後來打電話給少菲，才索得你的通訊處，卻是一個郵箱號碼，我真拿不準，這封回信能否到達你手裏！

知道你升上中學以後，與小學完全兩個樣。看你的信，多麼自豪：「今日的黃雄達，已非你們多年前的逃學、作弊、成績低劣的黃雄達了。中一來到新環境，沒有人看低我，老師沒有固定的成見，我就有信心一切從零開始，也許人長大了，知道讀書重要，我先是戒了去電子遊戲機場，放學後，我覺得自己有充裕的時間，我堅持着每天複習和預習，中一的期考，已經再沒有不及格的科目，人就是這樣，當信心建立了，就有一股力量推着自己向前奔跑，去年中三上學期，我已經拿到二優三良的期終考試成績；又參加學校的數學比賽，得到全校冠軍。老師，記得小學時只有你鼓勵我，其他老師看見我都搖頭，為什麼當老師的，總是吝嗇讚賞和鼓勵呢？少菲告訴我你已離開教師行列，去當編輯，我可以利用假期為你當義工嗎？」

雄心壯志

雄達，真高興你沒有忘記三年前的老師，又知道你讀書讀出興趣來。小學成績不好，到了中學突然來一個飛躍，這樣的情形是常見的，這説明你有一個善於思維的腦袋，因為小學比較需要死記強記；到了中學，知識的結構有了改變，更多的科目要學生去理解，知識的領悟與生活面的廣泛有內在的聯繫，一個人有點頑皮，又好動、喜歡多參與各種活動，甚至喜歡逛逛街、看看百貨公司的新奇貨品，常到郊外旅行……等等，都會對理解和領悟知識有幫助，反而生活刻板、性情內向又不好動的人，不容易適應中學的知識結構，讀起書來會很辛苦，頑皮仔常常是聰明的，是很有道理的。

你現在已經步入青年期了，你將會面臨人生的大挑戰。因此，我一方面為你擺脱了童年時的頑皮陋習而高興，一方面又得提醒你，不要滿足少年期的已有成績，你現在不是自滿於「我已非當年頑童」的時候了，而是覺醒做個有為的青年人，這是在走上成功人生的雄心壯志。

生活空間

青年，一個多美的詞，它象徵強健的體格、旺盛的精力、敏鋭的思想、豐富的感情，一個人優美的性格、情操在青年期植根，智商開始向深層發展，能擔當大事情的魄力此時漸形成。雄達，從中三到中四，是與少年期道別，進入美妙的青年期的時候了，你可曾覺醒？

開始擴大你的生活空間吧！如果活動範圍仍然只是學校、家庭，那麼，你還沒有長大。青年人要突破學校、家庭的範圍，學習邁進社會裏。

有人從康體、藝術活動入手，這是個好辦法，參與康體署[1]或科學館、藝術中心、文化中心等舉辦的活動，從中認識，也學習開展人際關係，又從中得到體育或科學等的營養。擴大生活空間還包括假日聯絡同學和親友，學習主動組織一些小組活動來發展領導才能，社區的義工、一些校外的學生團體，都可以考慮參加。當然，這也學習識別事物的能力，遇到有不良企圖的活動，就要立即抽身退出。希望你下次在信中談談你擴大生活空間的打算。

蒼白的人生

青年人要勇於擴大自己的生活空間。這見解有些家長會反對，上一代的人會認為：學生就是乖乖地讀書嘛，從家庭到學校，又從學校到家庭，這就夠了，多搞些其他，心就會野，讀書讀不好。這種擔心也許有道理，但是，這是個「知識爆炸」的時代，若什麼知識只靠書本而來，一定患「營養不良症」，這樣的學生會是蒼白的學生。我們只要有節制，會判斷，心中有數，就不會因擴大生活空間而冷落了學校與家庭。從廣義上說，擴大生活空間還是要對世界、對中國、對香港社會的熱切關注，從電視新聞與書刊中吸收一切外界消息，絕不可「兩耳不聞窗外事，一心只讀聖賢書」。知識廣泛是內外互補的，一個關心世界的人，他就有一股學習動力學好地理、歷史科，亦從外界的科技新知中，聯繫得來的科學知識，這樣，就不會讀死書。到了中三，仍然只知道小圈子內幾個人的事，只知道娛樂圈有什麼大小事情發生，不是可悲嗎？我知道你是不甘心走一條蒼白的人生路。

矛盾啊矛盾

青年人有煩惱。「少年不識愁滋味」的階段漸漸過去了。「煩惱」就是矛盾的表現，因此，確切地說，青年人要學習面對矛

盾，從矛盾中釋放自己。

人生的初階怎能沒有煩惱呢？第一種煩惱是生理煩惱，男的長鬚啦，看了黃書有性慾衝動啦，遺精、手淫可能在一些大男孩中出現了；女的初經降臨，受外界對體態美的觀念影響，很緊張身體的發育等等。這中間有一個矛盾要釋放自己——慾求與道德規範的矛盾，由於知道羞恥，明白道德，在原始性慾產生之間會出現矛盾，「釋放自己」，就是不要集中精神關心自己的性的成熟和性的問題，不看黃書和抗拒錯誤的性引導，使自己放開懷抱，使自己有多種多樣的活動，使自己增強道德感……從而成長為一個會判斷是非、能自我控制的人，的確因為社會風氣所致，不少青年在這矛盾中不能釋放自己，因而長期受困擾，甚至成為心理障礙，人格墮落。這個矛盾，這個煩惱，我們如何能掉以輕心呢？

我的價值

升上中三、中四後，你開始重視自己的形象，也許正因為這方面心理的成熟，你給我寫了兩封信，要糾正我對你的印象。「自己的形象」就是一種榮譽感，是一種自我估價，一個常對自己估價，並且會估得高一些，為了保護榮譽，會產生奮發的動力。「唔衰得」，「要叻俾你睇」，都是這方面的心理。但是，別人對自己的估價常常會偏低，例如看到你兩個缺點，就以偏概全，以為你「不過爾爾」，如果長輩這樣看，你覺得委屈，如果同輩這樣看，你會與他不和，甚至打架。但是，自我估價常常與別人對自己的估價有矛盾，於是煩惱呀煩惱驅之不散！怎樣在這矛盾中解放自己呢？榮譽感是可貴的，一個人「自我貶值」就很可憐了，變成「爛泥糊不上壁」，因此對自己估價偏高，那並非壞事。但卻需鍛煉幾種能力；一種叫「內省」，人貴乎自知之明，要有檢查自己的定力；一種叫「自信」，堅信自己的價值，並且為此而奮發；一種叫「謙虛」，虛心的人都不怕別人批評。

理想與現實

青年人的煩惱不少，卻不少是成長路所必經。和你談了兩種矛盾之後，我總想起「六四事件」。那是青年人參與的驚天動地的事。這正是我寫的青年人的情意結——理想與現實的矛盾的集中體現。矛盾未能疏導，積怨積憤即匯成社會動盪。

理想是浪漫的，也可能是人生經驗不足而產生單方面的良好願望。現實卻不免帶有既成事實，或歷史沉積的重壓，所謂「殘酷的現實」。青年人誰沒有理想？理想是推動創新的動力啊！但要調校一下，對不實際的理想，甚而虛妄的幻想，要調校好可行的、較實際的理想，就不致因矛盾而煩惱不堪了。這種矛盾最

不好說，因為不合理的又常常是現實，而年輕人的理想，有為青年人都得在這方面受磨難，因而得到鍛煉。說來煩惱多着呢！人生就是解決一個一個矛盾而向前邁進的。雄達，願你走上康莊大道，趁青春年少，錘鍊自己成鐵、成鋼！

1　康體署，現稱「康樂及文化事務署」，簡稱「康文署」。

給倩明的信

樹立家姐風範

海洋浪花

倩明，你聽過這句話麼？「海洋不騙它的浪花。」生活的海洋有起有伏，但是，浪花既然是海洋的一份子，海洋是老實的，它不會欺騙浪花。雖然這個世界確是騙子層出不窮，但他只騙一些愚者，一些本身有缺點的人，一些沒有掌握生活規律的人。總體來說，這個世界是一羣老老實實的人幹老老實實的事。看看世界在進步，科技日新月異，如果真是什麼「豺狼當道，奸人遍佈」，這世界早就退到洪荒時代了。

你訴說：譬如說好朋友慧茹吧，你好不容易找到一些考試貼士，就無保留地告訴她，但是，後來你得知她從阿余那兒也聽到些貼士，她卻守口如瓶，半點也沒有向你透露。那次派卷回來，她比你高出整整二十分，把你氣得半死，從此，你與慧茹的好朋友關係就跌到冰點。「君子之交淡如水，這話真有道理。推心置腹待友，必然成為傻瓜！」這是你得出的結論。

友誼瓦解

有一次，你向阿靜借了兩元，卻忘記了還，後來她半開玩笑地說：「阿倩，有借有還上等人，你幾時做上等人呀？」你聽了氣得一臉發青，忍不住爆一句：「阿靜，每次出外午餐，尾數都由我包，如果加起來，應還錢的是你，不是我！」阿靜聽了，還裝嚴肅，說：「好啦，好啦，這兩元就不要你還吧。」

於是，你和阿靜的好朋友情誼，從此付之流水。

又譬如，你借了一支原子筆給貓骨，這原子筆是參觀《歡樂今宵》[1]現場節目時送的，上邊有「無綫」的標誌，後來貓骨竟說這支筆不見了，賠了另外一支斑馬牌。過了兩個月，你赫然發現她的筆盒裏有一支有「無綫」標誌的原子筆，為此你們吵鬧起來，但貓骨即說她上月也參觀過《歡樂今宵》，是新近送的，絕不是你借給她的一支。於是，貓骨這「落雨擔傘」的死黨，也變成陌路人。

「呀！為什麼誰都在騙我，為什麼沒有一個朋友是可靠的！我怎樣才能結識到肝膽相照的真正好朋友呢？」

說謊世界

倩明，你感覺生活老是在欺騙你。你替老師做點事，背後同學的壞話就起了；阿玲請你留下家中的電話，你請她別轉告別人，但不久偉仔也知道了，打電話給你問東問西，阿玲這人竟不知諾言何價；連 Miss 張也言不由衷，有一次讚你功課進步了，但後來又對班主任說你情緒有問題，功課常常大起大落，為什麼當面不說？老師們的稱讚，有幾多分真心真意？連士多的老闆娘都欺騙你，你請她揀一罐好的朱古力粉，她卻給你一罐過期的；買水果的小販，給你十二兩卻說是一斤……

甚至連大哥也騙你，明明大哥和芸姐談戀愛，仍說他們只是普通朋友。弟弟就更不用說了，正牌「大話王」，獨吃了一隻媽媽留給他的雞髀，還佯說那些雞翼很多骨。媽媽竟也說謊，說弟弟貧血，要多吃東西補身……總之，說謊世界，狐狸橫行，人人都戴個假面具，你的結論是：「也許我也無法獨善其身，要加入騙子的行列！」

海在心裏

倩明，當沒有人的時候，你試閉上眼睛，用兩個空罐蓋着自己的耳朵，你想像站在海濱，看着浩瀚的海洋。這時，耳朵會聽

到了洶湧的浪潮聲，海是多麼遼闊，望不到邊際，這時候，你想像心胸間有一扇門，門慢慢張開，海潮從這扇門灌進你的胸內、你的腹內，於是，浩瀚的海洋遷到你的胸、腹裏，你的胸懷也一片遼闊，有一隻快艇在你肚內的海洋裏自由游弋……你照我的話去想像吧，可以每天早上想像一次，睡前也想像一次。我想這是有效的，你漸漸感到襟懷寬闊，有容人之量，海是那麼廣闊，浪花飛濺，有時飄過一塊小垃圾，海水一沖，就無影無蹤了，倒是那矯健的海鷗，使你迷醉……

你要承認你有病，你患的是「疑心病」。我不是說你舉的例都是無中生有，不是的，我相信都確有其事，但是，在大海洋裏，那只是一些水花，或者一兩片小垃圾，正是「何足掛齒」。

疑心重重

你如果有打針的經驗，你會發覺，當你集中精神，等待護士的針刺進你的肌肉，你會覺得很痛，但你故意分心，或者護士故意用其他言語引開你的注意，這樣，打的針就少痛或不痛。你把注意力都集中在是否有人說謊，是否有人騙你，是否有人對你說了些不利於你的話，別人說的話你又緊張去研究驗正，看看這話有多少真多少假……這就像你把注意力都集中在打針的針口上一樣。

這世界美好的事物不是太少，而是很多，心腸好的人也絕非少數。有時騙與誤會只是一線之差，有時是人際關係不善於處理，有時是一些個人的私隱暫時不想公開，有時是為了你好，給你安慰，給你鼓勵……這些，你都全歸入「存心欺騙」的「個案」，那麼，你這人生的「快勞」，就有太多惡性的紀錄，到頭來，你會變得對人生消極，憤世嫉俗。「疑心病」的病徵就是覺得人人都在騙他，嚴重的，甚至人人都要害他，因而鬧出精神上的毛病，你的疑心病並不嚴重，試試用我教你的「海洋灌胸」法吧。

家姐風範

倩明，建議你設法修復與慧茹、阿靜的友誼，辦法是不再提從前了，自自然然打個招呼，說句親切的話，落落大方，由你解凍，不要認為這是「沒面子」，想想從普通同學關係，慢慢變成好朋友，是多麼不容易，就因為一點點小問題，你提升到是「騙子行為」，而把這熱呼呼的友誼放進冰箱裏，多麼可惜！友誼包含一定比例的諒解，就像水由兩分子氫、一分子氧組成一樣，沒有諒解，就只餘下瓦解。家裏的人對你容或隱瞞什麼，也不要太「眼淺」，而且，還要反省一下，自己是否亦常常說話吞吞吐吐，沒有直率地對待家人呢？兄弟姊妹的感情，情深的一些是常常彼此關懷，做姊姊的有大家姐風範，好姊姊、好弟弟是值得羨慕的，但

你可知手足情深，是怎樣調校共振的心弦？要家人和睦，事情決不能藏於心裏，同時以心換心，你能付出愛心，必有回報。

落落大方

倩明，你給我一封長信，向我傾訴心事，我卻說你不該這樣做，你要避免些什麼，好像把種種後果都向你身上推。

其實，此話不只是對你說。可惜我不認識阿靜、慧茹、貓骨甚至你的弟弟，所以這些話現在卻只能對你說，希望以你的風範，影響別人。看看社會上成功的女性，都是落落大方，小事不計較，大事不放鬆的人，都是懂得處理人際關係的人。你感到別人在騙你，如果分析一下，其實只是人際關係處理不當。當然，小販騙秤、士多老闆把過期貨賣給你，那確是欺騙，但你吃過虧，以後就會找誠實的商販光顧，而買包裝食品時，一定先看看印上的可使用期限。有的人給人欺騙，可能先是因為自己有貪念，或者輕信不了解的人等等，人長大了，生活使得一個人成熟，就不會輕易受騙了。何況真心為人、摰誠待友在正常的環境裏，有道德、講信譽的人還是多數，而你自己，也要全心加入這個行列。「海洋不騙它的浪花」，這話一點也不假。

1 《歡樂今宵》，是香港無綫電視的長壽綜藝節目，一九六七年十一月二十日開播至一九九四年十月七日為止。

給志堅的信

拆去心裏的牆磚

偷看日記

這真是有點戲劇性吧，昨天收到你的信，向我訴苦，你發覺媽媽十分「豈有此理」，趁你睡覺時偷看你的日記；你又懷疑媽媽可能會偷拆你的信，因為有幾次你發現重貼上的信封不是用原來的膠水，而且補上厚厚的漿糊。你說：「我是個中學生了，我有我的私隱權利，母親侵犯我的權利，那怎麼辦？我現在忍着沒有同媽媽鬧翻，但我已經一星期運用沉默來抗議，每天沒有和媽媽說上三句話。」

為什麼說有點戲劇性呢？在收到你的信之前兩天，你媽媽——張太太來找我，她穿着入時、儀容大方，跟你吊兒郎當、不修邊幅個性，大不相同，張太太對我說：「何老師，我知道你是阿堅最佩服的老師，平日他就常說：何老師說什麼什麼，把你的話常掛在嘴邊，我今次冒昧來找你，是因為我對這孩子很在心，他是我的獨仔，我從來對他疼愛有加。吃的、玩的都盡量供應，他爸爸四年前到了南美，我不喜歡那邊的氣候，沒有跟隨他，所以有丈夫等如沒有丈夫，堅仔自然也缺了威嚴父親的管教，唉，這個仔常把我氣得要嘔血！」

兩代疏離

志堅，你媽媽跟我說着說着，就含了一眶眼淚。她說家裏只有母子兩人，應該相依為命，她白天要照顧一盤生意，忙忙碌碌，回到家裏，為你做飯，吃飯時就希望敍敍天倫，聽聽你一天的學習生活，但你拿了飯碗，夾了一些菜，就到梳化上坐着，一邊吃飯一邊「歎」電視，讓她獨自在飯桌上吃悶飯，她雖然從來不計較這些，但她偶然翻到做好菜的食經圖書，就特別炮製些好菜給你吃，卻見你仍然如「牛嚼牡丹」，從不會稱讚一句好味道。最近，她說發覺你在電話中時常跟一個女仔談個不休，她冷眼旁觀，你與電話中人有講有笑，言談間心情舒暢，她因而加倍傷感，因為，你升上中二以後，再沒有看見你對媽媽親暱過，說話都是乾乾的問一句答一句，沒有坦誠，更談不上舒暢，反而對待一個外人，你似乎比對媽媽更好。這個與你談得投契的女仔是誰，她一直想知道，所以，有一次她偷看你的日記，她知道你後來發現了，就變得對母親更疏遠，冷得如冰窖的怪物。

爸爸的秘密

志堅，我能夠對你說些什麼呢？我知道你對母親也一定有滿腹的牢騷，是嗎？讓我猜猜吧，你會嫌母親平時在外邊應酬，庸庸碌碌不知忙什麼，對你一向關心不夠，你英文卷得了一百分，她不會問一問，讚你一句，為你高興；你一直為包皮煩惱，家中又沒有父親，不好向媽媽說，而她對你的發育視而不見；她又不和你說說父親的近況，對父親老是諱莫如深，你寫信給遠方的爸爸，卻從來得不到回信，你甚至懷疑媽媽給你一個假地址。媽媽只會給你錢，甚至懶得過問，為你開個銀行戶口，每月把錢過戶到你的戶口裏，讓你自己去使用，亦不問你是節儉還是揮霍，幸好你個性簡樸，不然變成花花公子，她還以為自己盡了母親的責任。每次學校要家長簽名，她就看也不看內容，匆匆簽個大名算了。

我猜對了多少呢？我想，造成兩代的鴻溝，總是每人有每人的觀察角度，古人說，「解鈴還需繫鈴人」，旁人不知就裏，聽一方責備另一方，往往是「剪不斷，理還亂」，反而加遠兩代的距離。

創痛在心

好吧，讓我説説我的看法，可能仍然是隔靴搔癢，搔不着癢處。志堅，看來你父母是有感情裂痕，可能曾經因此給你媽媽受到創痛。她不想讓他們這一代人的感情荊棘，再給你造成刺傷，所以，就簡單地説，她不適合南美的氣候，還是離開爸爸回來香港；你爸爸不給你回信，也可能他根本就搬遷了，並沒有留下新地址，因為你仍然住在老地方，他如果記掛着你這兒子，他一定會寫信給你，既然音訊斷絕，錯就不在媽媽的一方，極可能你爸爸做了冷酷的負心的人。你媽媽不想把痛苦傳染給你啊，她寧願獨自去承受。志堅，你還年輕，不會了解婚姻破裂時對一個女人造成心靈巨震，你媽媽大抵有段時間很痛苦，她既經營着一盤生意，因此就努力把精神寄托在事業上，用工作麻醉自己，這時候，對你關懷有所忽略，也是可以諒解吧？以上只是我作常理的推測，可能推測有誤，但有一點是肯定的，是你不曾諒解你這位內心孤獨的媽媽。人與人的互相諒解何等重要，父母子女亦何嘗不要彼此交心？

成長路上

志堅，你成長了，從一個不會獨立思考、需要成人呵護的孩子，變成一個懂得思想、希望發展自我，並且不再依賴成人的少年，你會覺得成人仍把你當做「細路」，是豈有此理的事，你寧願與年紀相若的同學和朋友暢所欲言，這樣覺得更加快樂，這是一個人成長的心理過程，幾乎是必經之路。這樣，你就自然而然地更為疏遠母親，她能夠拿你怎麼辦呢？開始會抱怨，會不安，慢慢麻木了，對兒子就除了遷就，還是遷就，也有的家庭就可能除了吵鬧，還是吵鬧。一些家庭中成長中的兒女，寧願放學後不回家，在外邊浪蕩，免得被家人囉嗦。也有溫馨和諧的家庭，父母退居朋友的位置，即使對兒女有所勸告，也只是討論的形式，入之以理，責之以義，而不用苛斥甚至動氣、動手。但你能苛求媽媽麼？家庭已經整天不和諧，回家她夢想享天倫之樂，她想你安慰她、理解她，同樣地，你也渴望她稱讚你，細緻地關心你成長路上意想不到的問題。

言辭吞吐

你媽媽來探我，畢竟我們還不熟稔，因此，她語多吞吐。我卻從她吞吐的言辭中，知道她苦悶，她有不少難言之隱，但是，有一點，我感覺強烈，就是她很疼愛你。她告訴我她在銀行開了個教育儲蓄戶口，每月為你存款，到你中七唸完後，就有一筆大學教育費為你準備妥當，不管以後有什麼變化，都保證你能完成大學學業，經濟上不會有問題，她為你想得多麼周到，為你的前途多麼着緊。她告訴我，下月二十五日是你的生日，她很想特別為此與你到鄰埠玩兩天，但又怕你嫌跟着媽媽覺得「老套」。她感慨地説，自從小六時，你跟她到郊外遊玩過，近三年來不曾母子同遊了，她説夢歸夢，現實歸現實，你一搖頭，她亦無可奈何，看見你與同學去露營，滿載歡樂而歸，她就獨自黯然。

也許你覺得你媽媽對你的愛不得其法，但是，人貴乎自省，你呢？你對媽媽也愛得其法嗎？上帝不公平，不叫男人也能懷胎生仔，不然，男人也就知道十月懷胎、生子和養子的苦況及母親的恩典。

有福的人

志堅，你與母親心與心間有一道牆，但拆第一塊牆磚的應該由你動手，熱切地、心甘情願地去拆下牆磚，當看到母親的心，你應熱淚盈眶，喊聲：「媽媽，我愛你！」以感情摧化餘下的牆磚，而不用麻煩雙手了。

我已經和你媽媽談了一個下午，我看重分析你的個性，指出她這寶貝兒子的優點，我請她重新認識自己的兒子，不是用偷看日記的方法，而是光明磊落，細緻又不是婆婆媽媽。我說，你生活樸素，為人正直，樂於助人，廣結人緣，在學校是個頗得老師鍾愛的學生，只差成績時起時落，情緒也起伏不定，生活欠了一些條理，改了這三點，幾乎就是十全十美。她雙眼閃着淚光，說：「真的，阿堅在學校老師很疼他？我還以為他古肅木獨，冷僻無情，都叫同學老師疏遠。啊，原來在學校，在家庭兩個樣！真是生仔唔知仔心肝！看來，拆牆應該由我主動。」志堅，你見過你媽媽的淚珠嗎？多麼晶瑩真摯，對兒子充滿愛。唉，你怎麼竟不知道自己是個有福的人！

給阿霞的信

愛與慾

愛的渴求

今天太陽很好，我坐在露台上細讀你給我的信。你的憂愁也感染了我，要不是太陽的熱力，我會覺得寒冷。

你恨的那個「張」，你説他曾給你溫暖、安全，然後又把你置於冰窖裏。你問：為什麼我總得不到愛？媽媽在你三歲時給爸爸拋棄，現在閉上眼以腦影像來搜索，也找不到爸爸半個模樣的影子，更談不上父愛了。媽媽把你放在外婆家，她獨自遠走美國，現在除了偶然寄來信和照片，知道她已經另有一個家，還生了兩個孩子，如今，「媽媽」如同一股冷空氣，觸到的都是冰冷。幸好你還有一個好外婆，但這兩年她患了風濕病，當外婆風痛發作，你只能躲在廁所哭泣。

「張」就在你最渴求愛和溫暖的時候，以熱誠的目光注視着你，第一次是在校門外不遠的巴士站前。

你只有十五歲，你不敢接受他塞給你的電影票。七點半開場，你心內矛盾到八點半，終於試試到電影院前看看，發覺他仍在癡癡地等！

愛情路初探

只有十五歲的你，愛情是什麼，你感覺朦朧。但是，寂寞的你，卻渴望有一個異性的朋友。在電影院裏，「張」很規矩，他選的電影《與狼共舞》，雖然看少了一小時，還是看得津津有味，他偶然觸你的手，你縮起，他就適可而止了。

你在信裏說：「電視片集常常告訴我，這個世界有一種長得英俊的男仔，叫做『姑爺仔』。外婆又常常告誡我，相識幾個月就現出色迷迷的本性來，不會是好男仔。我有一段日子深夜聽電台的節目《電話訴心聲》，也從中知道千奇百怪的假情假義。老師，別看我只有十五歲，我懂得很多。『張』以後常在巴士站等我放學，癡癡的樣子，我還是很小心。」

後來你知道他是一家洋行商業機器的推銷員，中六唸完了才半年。他誇自己有推銷本領，手上有打字機、圖文傳真機等名牌貨品，輕易招攬到顧客，做半天已經完成公司的營業定額，因

此，「心思思」就每天到巴士站等候你。他打開那高級的公事包，證明他説的不假。

滴水成綠洲

你沒有讓約會定在星期天，「我要考好會考。」他尊重你的主意，在巴士站碰上你，與你繞一些寧靜的路走走，就送你回家。他有發表慾，能一直説個不停，看來確是推銷員的料子，後來，你把自己也向他説個透徹：父母離異，從小由外婆撫養，今日外婆染病，家中一切由你照應……

聽後第二天，他約你星期六到尖東海旁。那天他帶來了一瓶藥，説：「我有一個推銷西藥的行家，他向我介紹這種醫風濕疼痛的藥，可能適合你外婆，副作用不大，你給外婆試試服用吧。」

你感動得即時潸然淚下。

你説：「老師，我內心的沙漠一大片，一滴水已經可以造成一塊綠洲。」從此夢裏有「張」，偶然放學不見他在巴士站等候，就患得患失，一夜睡不好。只要他約你，不管是星期天還是星期七，你都應約，你甚至傻兮兮打電話到電台，給他點唱，知道他依時收聽，你聽後淚盈滿眶，「我竟如缺堤的江河，對『張』的情感已泛濫……」

這就是愛情？

那天「張」考到車牌，他向朋友借了一輛靚車，載你遊車河。太陽下山後，車泊在一處寧靜的山腰，他把你請到車的後座，輕説很想看看男女下身的異同。你在含羞一臉之下，讓他「研究」這時候，你不知道這是愛情還是色情，過去看的電視片集描寫的姑爺仔，或者外婆的叮嚀，從電台聽了不少的假情假愛的傾訴……現在都不管用，當他動了手，觸到你敏感的部位後，你全身酥軟，已迷迷糊糊……

「是穿制服的人救了我還是害了我？我今天還沒有答案。」答案顯然是前者！在千鈞一髮的時候，有穿制服的人亮了電筒，照向車的後座，「張」才尷尬地用上衣把你下身蓋着，翻到前座開車離開。這時候窗外衝來撲面風，涼涼的使你猛醒，你連忙説頭痛得厲害，要他載你回家。那一晚，你失眠，淚水不停從眼梢滑下。「沒有這些就不是愛情嗎？男仔都是這樣對待他喜歡的女朋友嗎？」一個個疑問湧上你的心間。

昨夜失眠

第二天在巴士站旁，「張」又在等你。你想起昨晚的事，臉就紅了。他說他昨夜失眠，你關注地看着他，他陪着你踱步，說：「阿霞，我很苦，下面脹了一個通宵，你知道男仔脹了沒有洩的難受嗎？臨天光，我躲在廁所，暗呼着阿霞、阿霞，便用手把精液洩出來，才鬆一口氣。阿霞，I need you！I love you！你……你什麼時候會給我？」

你聽了這番熱乎乎的話，心頭反冷了半截。他把女朋友看做什麼？昨夜的事情，他竟沒有問你的感受，沒有關心你為此想些什麼，又沒有一點愧意。一個女孩子第一次在男朋友前露了體，回應的竟然只有他自己，他的感覺，他的「需要」……但你心裏覺得不能沒有他，你覺得適當的遷就，也許就是愛情，男仔性的衝動，也許就是愛情的一部分。接着為了考試，你決定先讓自己冷靜一下，因此幾次約會你都推了。「考完試再說吧，好不好？」考試的壓力使你又回到純學生的境界，除了書本，你什麼也不想。

隨風而逝

考完試的第三天，已回復正常的時間表，下午放學後在巴士站旁靜候，因為你已把考試時間表給他，預感他會出現，你正徬徨，如果他駕車來，又載你到寂靜無人的地方，你該怎麼辦。一個多月沒有和他一起了，你着實在想念他，你甚至想，算了吧，反正遲早會給他，如果這就是愛情，怎可以拒絕？當你等得有點焦灼的時候，他果然駕車來了，停在你跟前，但你詫異他的一旁有一個豔裝女孩。

「阿霞，考完試啦？上車吧。」他說得有點冷。你覺得，沒有弄清楚他身旁的豔女之前，你不能動，當時你的確突然感到麻木，不會說話，甚至不會展露表情。你呆然不動，他再說一遍，你仍麻木，他就開車了，隨即從風裏傳來那豔女咭咭的笑聲：「這個土妹就是你的前度女友？哈哈，冷死人有命賠！」汽車絕塵而去後，你才懂得哭，邊走邊掩面……

你開始時心裏責他，後來又變成責備自己，為什麼為了考試冷落了男朋友。

不存幻想

阿霞，我有意把你的經歷關鍵的地方給你説一遍，是希望引起你重溫事情的始末。你也許太幸運了，這個阿「張」顯然憑一張油嘴、一副騙女孩子的白臉，掌握一點引動女孩子芳心的心理學，然後用在他們的遊戲人間的哲學——「溝女」上。在他的「溝女」名單裏，你不知是第幾個獵物。幸運的是你「內心的大片沙漠」使你表現較冷，使他不容易一下把你拿到手；幸運的是你在那一次千鈞一髮之際，出現一個穿制服的人來查車，使你不會因而得着終生的創痛；幸運的是你碰上考試，使你有一個多月的冷靜期，然後讓出機會叫他的狐狸尾巴露出來；幸運的是這個阿「張」不是什麼情場老手，沒有運用「欲擒先縱」的手腕，不然，他若第二次出現，你已無條件向他投降。

阿霞，求學期間保持一個心如止水的靜寂心靈，絕非壞事，到你成長後，踏足社會，有了成熟的個性，愛是會來得無盡，你懂得愛人，自然有愛的回報，不要急，小心受騙，愛情的源頭是不存色慾的。

給慧慧的信

病牀之歌

不要慰問卡

妙玲昨天給我一個電話，她說你病了，希望我寫封信安慰你。現在流行問病卡，但妙玲說：「你千萬不要只寄一張問病卡，我去看她，她正在捧着一張問病卡，卻埋怨為什麼只靠印刷的字句，作千篇一律的慰問，寫一封信不是更好嗎？」

慧慧，其實，寫信還是不夠，若能親自到你病榻慰問，就更好了，因此，我打算下星期日與師母一起來看你，但是，看見你時，又不宜絮絮不休，所以，先把想說的話，寫在信箋裏，讓你精神好時細讀。

在我的學生中，你是多才多藝的一個，歷來我只給一個學生作文九十分，這個學生就是你。雖然我一年多沒有上你們的國文課，但你們這一班不少人有寫作才華，我很欣賞，而你的文筆，抒情裏帶一份落寞，清雅裏透現一點哲理，都不似是一個十四歲女孩子的視界與感受，還記得我給你的作文評語嗎？我說你有

「暮氣」，十四歲有十四歲的天真，十四歲人卻表現三十四歲人的情懷，該說好還是不好呢？

外冷內熱

你曾經自辯，這是你爸爸媽媽的錯。媽媽懷裏有了你的時候，爸爸就溜到日本去做生意，叫媽媽不安心，你似乎確信，一個抑鬱的孕婦，必然遺害胎兒，雖然爸爸兩年後回來了，但你已經是個一歲多幼嬰。你說你不喜歡自己的性格，老是沉沉默默，看見陌生人就想躲避，卻喜歡一個人冥想，可以在窗前呆看白雲，看一天也不厭，你最好的友伴是書本，你最佳的聽眾是稿紙，心裏有話，就喜歡用筆寫在稿紙上，你說：「媽媽不了解我，說我為人冷冰冰的，其實我心裏常覺火辣辣！」妙玲比較了解你，她也說你是個百分之一百的「暖水壺」型的人。

現在，我關心的是你這慢性十二指腸炎，是不是有可能由於你的性格造成？慧慧，你似乎並非真正不喜歡自己的性格，改你的作文，我彷彿窺見你的深處，實在頗欣賞自己的氣質哩。你有點「孤芳自賞」，是嗎？其實，一個十四、五歲的少女，性格仍未定型，只要你不執著，性格可以趨向完美。

保留和拒絕

誰人讚你有「詩人氣質」？這話也許害了你，使你更堅執自己的孤清，關緊你的心扉。你可知道開朗的相反詞是什麼？是晦暗？是自鎖？是沉鬱？慧慧，你要快快欣賞開朗、歡快、舒暢、熱烈的形容詞呀。你可以保留冷靜，但不能拒絕熱誠；你可以保留灑脱，但不能拒絕坦率；你可以保留老練，但不能拒絕天真。同樣地，你要拋棄多愁，可以留着善感；你要拋棄感傷，可以留着深情；你要拋棄孤獨，可以留着清雅。

這些説話你一定都聽明白了吧？一份氣質，可以有正反兩方面的表現，粗豪的人，可能仗義；拘謹的人，可能小心；沉靜的人，可能堅毅。如果只取其壞的一端，那這份氣質就會演變成很糟糕的性格，相反的，揚棄了壞的一端，性格就趨向完美。你沉靜、易感、樸素、雅淡，卻又多愁、冷漠、拘謹、自傲，看來不是應該有所揚棄，又有所執著嗎？你的病是否與你的現在的性格有關，你也不妨細思細想，並從現在開始，讓快樂灌滿你的體腔。

病人的好奇

你的十二指腸炎是怎樣慢性轉急性的？既然醫生安排給你動

手術，你就別掛心什麼，一切交給醫生、護士好了，做一個合作的病人，遵照醫生的吩咐。動手術以後，經過良好的護理，很快你就會康復如常人，以後注意飲食調理之外，還要汲取這次得病的教訓。一個經過大病的人，會更寶貴自己的健康，那麼，這次病就不是壞事，而是給你上了人生一課，體會健康有多重要！人的經歷是寶貴的，你若曾經動過手術，你就比沒有動過手術的人多一層生活的閱歷，你可能害怕過，手術後康復，你就知道「開刀」就是這麼一回事，並不可怕，在這方面的人生經驗，你比別人認識深刻，也更勇敢。此外，你得病，進醫院，醫院的醫生、護士做什麼，醫院病房的環境，醫院的制度，病人與病人之間的友誼；你要進入手術室，手術室的環境陳設，人們如何合作……啊，你若能一一以好奇與研究的心去領受，你就會不害怕，你能做到否？

想到墓誌銘

慧慧，妙玲告訴我：你知道自己快要動手術割除十二指腸，你害怕，有一次，你偷偷問妙玲：「我會死嗎？如果手術不靈，我就可能麻醉後不再醒來。我甚至想到了我的墓誌銘，上邊寫：『秦慧慧——默默地生活了十四年的少女長眠此地。』我不要墓上有我的照片。妙玲，你別忘了每年清明來看我。」

妙玲聽了大吃一驚，罵你思想糊塗，一點小手術就想到死，你也真是太傷感了！

我倒明白你是鬧着玩，一個無懼的人，用死亡來自嘲，並不稀奇，我國大文豪魯迅先生就曾經寫過不少「如果我死了」的散文，去散發他的幽默，去向他的敵人投槍。如果一個病人對死亡並不視為禁忌和不吉利，那説明他襟懷廣闊，這種人往往死神無奈他何。慧慧，我推想你並非傷感，並非害怕，而是處之泰然，安然接受一次醫療，我猜對了沒有？人的思想有時會陷入底谷，例如身體虛弱疾病纏身，或學業失敗，滿懷自悲，情緒就把你牽到深谷去。但即絕非人人如此。

幽默是良方

有的人會恰恰相反，有「包頂頸」脾氣，身染重病，他就是不信病魔能把他摧殘，他會冷靜地考慮治療，會調理自己的心理，會與家人合作，與醫生合作，會設想病的人是他的「軀殼」，他安然在一旁看着醫療，但持平和與快樂的心境，看見某種病徵，如突然劇痛，如出血，或痾嘔等，他不怕，不會就此灰心以為從此惡化，而是覺得這只是個訊號，提醒你的醫生要加快醫治……凡是這「包頂頸」的人，他們會比別人康復得快，並且不經過或少經過痛苦。

慧慧，不管你怎麼想，你就以你多才多藝的才華，去設計所面對手術的心情吧，我知道你常常有你特有的幽默感，而幽默正是安靜的良方。一切可能簡單的如數 1、2、3，還沒有數到 10，事情就平安過去了。不要心跳加速，不要緊張而失眠，設法睡得美美的，白天不胡思亂想，想些出院後的計劃，想想你那些曾獲高分的作文吧。給自己做些良性的設題，不要做些灰色的冥想。

病牀之歌

慧慧，我很久沒有欣賞你的作文了，我擔任你的國文教師那一年，我對改你們的作文蠻有興趣，常常捧一大堆回家批改，我從不草草地看，因此常為改文而伏案至深夜。現在，我希望你開始組織一篇作文的素材，當病癒後，就細心寫下來，這篇作文叫做《病牀之歌》好不好？生活就是一支唱不完的歌，有快板，有慢板，有喜調，有哀歌，你的《病牀之歌》是抒情的，還是進行曲似的雄壯有勁呢？別叫老師失望啊，康復後，就把你的作品給我欣賞吧。

人生必然有若干個轉捩點，可能你因此有了新的決心，可能你領悟了什麼道理，甚至可能錘鍊了性格，甩掉一些舊毛病，建立起積極的人生觀。

慧慧，安心治病，並且抓着這「契機」，成為一種加速進步的力量。到時人痊癒了，心也注入新鮮的靈氣。下星期日來看你，信說過的，我就不多說了。

給玉華的信

放開懷抱去擁抱世界

腦袋不靈了？

玉華，你寫給我的信字體很草，我幾乎像猜謎語般讀完你的信。這次期考你很灰心，因為你熟讀的部分，剛就不是題目的範圍，你怪老師出的題目太冷門了。同時，你發覺自己似乎記憶力衰退，到達試場，讀過的書似乎已經淡忘。

你說：「我的腦袋一天比一天不靈了，讀書又沒有方法，我很矛盾，下學期若還是這樣，還是不讀書了，早些出來工作，早一天賺錢更好。」

玉華，你能夠說出這番話，有激情、有氣憤、有推論，又反映心中矛盾，這已經說明你的腦袋還很靈，一點也不含糊。看來不是你的大腦出問題，而是信心出了問題。好吧，還是和你先談談大腦，科學家指出，一個人大腦神經網絡的複雜程度是難以想像的，遠比美國和加拿大合起來的全部電話、電報網絡複雜得多，大腦估計有一五〇億個細胞組成，而每個細胞可以接受以千計的信息！

耳朵和眼睛

我們的大腦的承載量是驚人的，你想想一生不斷學習，認識周圍的事物，接觸不同的人，大腦都能有條不紊一一記下來，因為它的總存量可以達到一千億個信息單位！人的大腦的潛力幾乎是無限的，但是，我們用上這潛力的，常常只有百分之五，有百分之九十五的潛力沒有挖掘出來。

玉華，你的大腦不但靈，而且，只開發了這麼一丁點，我看你不要擔心什麼「腦袋衰退」，不如研究怎樣挖掘潛力。

你心焦的是「記憶」，其實大腦記憶只是功能一小部分，而記憶不是獨立的，它受很多因素影響呀。我們學習知識大部分依靠視覺、聽覺獲得，我們用眼睛接受形象信息，用耳朵接受語言信息，於是我們聰明起來了。一個人視覺吸收得多還是聽覺吸收得多呢？原來，用耳朵聽六十年，不及用眼睛看六年，因此盲人與聾人比較，盲的比聾的痛苦很多！只要有眼睛，學習起來還是容易的。

直觀教學

我和你再三談吸收知識的兩個途徑——通過耳朵和眼睛，而且以眼睛為主。目的是什麼呢？是提醒你，你學習方法上有沒有調動這兩個寶貝呢？尤其有沒有用眼睛去吸收知識呢？學生只重視閉門讀書，這實在是大傻瓜。有一個專門的教育名詞，叫做「直觀教學」，好的老師，會帶引學生用眼睛去領悟知識，你用嘴巴説得天花龍鳳，不如拿出實物給學生看，很多教具都是為了直觀教學而設計的。可惜也有很多教師比較懶，不習慣帶教具上課，只調動了學生的耳朵，錯失了調動學生的眼睛。

但不要怨老師了，我們去爭取吧！唸科學的你必須重視實驗，實驗就是自己做給自己看，地理書本説了不少地形、地質的理論，你就約同三五知己，利用假期到郊野公園去，到自然教育徑去，自己爭取直觀認識的機會。其實，假日逛逛百貨公司，看看五色紛陳的物品，都可以是直觀學習的機會，不錯過每一個用眼睛吸收知識的機會才好。

放開懷抱

玉華，這個暑假，你不妨放開懷抱，不要又抱着課本躲到圖書館或溫習室去不停「鋤書」了，改一改方法，以活躍腦袋、打開眼界、享受假期來歡度暑假吧，這樣，到了九月，你會覺得自己精力充沛，吸收知識的效果好起來，記憶力強起來，腦袋比任何時候都靈活。

到大陸去旅遊吧，約同三兩個好朋友，可以近距離到珠海、深圳、蛇口溜蕩，不要怕出汗、不要怕疲累，多走走看看。當然，經濟許可，一飛飛到四川成都；飛到桂林也是很好的。或者，有計劃遊遊香港的風景線，亦趣味無窮。

此外，到香港的文化設施去一一感受文化生活。科學館、太空館、文化中心、大會堂、自然教育徑、藝術中心、演藝學院、沙田銀禧體育中心[1]……列一張清單，有計劃地每個地方去徜徉一整天，去觀看其中的節目，又到附近地方遊逛，你甚至帶同筆記簿，記錄些心得，回來寫寫日記，以鞏固你眼睛領悟回來的知識。

合理使用大腦

你知道嗎？大腦分為左右兩個半球。右半球支配人體左側器官的活動，左半球支配人體右側器官的活動。在學習過程中，大腦左右兩半球的功能是不同的。一般人大腦右半球是「表象貯存系統」，專門記錄音樂、繪畫、運動等形象信息；大腦左半球是字詞貯存系統，專門記錄概念、定義等語言信息，我們讀書，聽老師講課，或計算習題，主要用左半球。

因此，要左右半球均衡發展，一定要既有音樂、繪畫、運動等文體活動調劑，又有思考問題、研究理論、計算數學習題的活動進行。對一些只會「咪書」不兼顧課餘生活的同學來說，僅僅用了半個大腦，另外半個投閒置散了，這是對大腦潛能的巨大浪費呀！而且，適當參與文娛、體育活動，可以調節生活，使另一邊大腦得到積極的休息。愛因斯坦是舉世無雙的科學家，但是，他的音樂造詣很高，拉得一手好提琴呢。

玉華，合理地使用大腦，是挖掘大腦潛力的好方法。

抽絲剝繭

學習不僅僅是記憶。有不少同學為記憶而煩惱，一直着急把書本知識記憶進腦袋裏，於是出現「填鴨式」，不管明白不明白，理解不理解，就是塞、塞、塞，死記硬背，於是變成知識只能輕輕沾着大腦皮層的細胞，過一下就都忘記了。把知識儲存起來，要靠理解，要靠系統地分析，按部就班地儲入大腦，還要讓大腦清醒，不疲累，因此要研究時間、吸收的方法。例如：讀書讀到三更半夜，大腦已疲累，吸收一定不好，不如睡一覺，明早再讀。書本的課文有時為了全面，鉅細不遺，因此書本重心還是要靠善於複習的人去掌握，不要瑣碎的都記下來，我們要有好的筆記，或輔助性的讀物，這往往比讀課本好，尤其是歷史課本、地理課本，往往很難讀，必須整理。並且靠平日上課留心聽講，許多老師都會「抽絲剝繭」，把知識整理得深入淺出，使學生易於記憶。這步驟老師沒有做好的話，就要靠你自己去整理了。

玉華，千萬不要做只會啃書的書蟲，記憶不是靠死啃而牢固的。

廿一世紀人

玉華，不要灰心，不要氣餒，更不要洩氣，甚至想提早退學，去打工賺錢。人的青春年華，是學習的好時機，你不利用來吸收知識，忙着學人賺錢，將來到社會上工作，發覺知識不夠，處處吃虧，想再讀書，可能已錯失良機了。讀書人應是最幸福的，學習上遇到一點點困難，好比船在海上行，偶然有點風浪罷了，我們就是要乘長風破萬里浪，到達彼岸，當知識充滿了，你就會另有一種愉悦，使你一生受用。今後的世界，科技、知識將主宰一切，一個人只識字還是半盲狀態，他（她）一定還要有不斷吸收知識的能力，學生就是學習這種能力和掌握這些方法。廿一世紀是個美妙的世紀，你是廿一世紀人呀，二〇〇〇年的第一分鐘你會經歷全球盛大的慶典呢！

希望你暑假過得快活、過得充實，用你的視覺擁抱世界與接觸香港，不要讓知識只從窄窄一條渠道進入你心扉。當你邁開成功的第一步，你的信心就會建立起來了。

1　現稱「香港體育學院」。

給康和的信

愛和體諒

造個「金剛罩」

離開了你家，在路上，我思潮起伏。你能夠忍受這個家庭，我就知道你還愛你的父母，希望他們有改變的一天。我想，他們的內心深處，還是疼愛你的，這是生活折磨的扭曲反應，你爸爸媽媽的苦難我大概知得還不多，但你爸爸的暴躁，你媽媽滿臉滄桑，多少都刻劃了過去的磨難的深痕，我想你對父母不能有恨，因為他們是無辜的。原諒他們，仍執著地愛他們，而自己抱着信心，在你這一代，日子會好起來的，你少受他們的情緒干擾吧，有時可以麻木地對待他們的爭吵，適當地避過父親暴躁時的瘋狂表現，心裏唸着「上帝，請快來綑縛纏繞我爸爸的魔鬼，可憐我爸爸吧！」這樣，你會用同情、原諒的態度對待爸爸的暴跳如雷，你就能心平氣和，不產生對爸爸的對抗情緒，不使家庭矛盾變劇。

康和，你想通了這一點，問題就簡單了，你就像自己造了個「金剛罩」，阻隔了一切嘈音，仍然在安寧的心境中求學，追求知識，追求真理，並且享到其中的樂趣。

爸爸的出氣筒

康和，你爸爸的工作環境，一直要忍受十小時以上的噪音，兩年前因工傷切斷了兩個指頭，現在老闆反嫌他工作手慢，每年只象徵性地加一、二百元薪金，把他調到「豬頭骨」的工作崗位上，他屢屢想憤然辭工，但你和媽媽一直勸止他，怕他辭工後，再找不到工作，最少舊工友知道他的脾氣，會遷就他，若到新的地方去打工，一定三天兩頭就會被「炒魷魚」。但他卻一直認為你們逼他在原工廠受罪，一切牢騷都向你和媽媽發洩，最近他得到肝硬化病，但飲酒反而多了，你們為此藏起他的酒，每次吃飯他喝了兩杯，發覺酒瓶已乾，就摔酒瓶，暴跳如雷，用全世界最髒的粗口罵你們。你們就忍着，忍着，每晚都要受罪，使你吃飯不知其味，你媽媽抹着淚躲在廚房，你卻還要端坐飯桌前，做爸爸的出氣筒。你媽媽因而變得又瘦又沉鬱，有時半夜起牀，見她在窗前自言自語。你真怕她的神經受不起摧折，會鬧出精神病來，這樣，你就發奮讀書，把好的成績單給媽媽看，使她得到安慰。

墊起繁華的血汗

在香港，外表是那麼繁華，晚上燈紅酒綠，但只要翻開報紙的港聞版，你會發現有多少人生活在底層，用青春、用血汗去墊起這些繁華景象？康和，對於像你的家庭，在香港絕不是少數，通貨膨脹，而薪金微薄，兩夫妻日捱夜捱，要養一兩個孩子，就無法好好透一口氣了，如果身體好的，那還罷了，若不幸有家庭成員染病，不快樂就會徘徊在這家庭內，成為驅之不散的陰影。

面對這樣的情勢，少年人在家庭中怎麼辦呢？很多人會自暴自棄，怨天尤人，有的索性少回家，在外面結交其他「邊緣少年」，以為可逃避苦難。康和，我為你而驕傲呢！因為你沒有這樣做，你反而更愛你的父母，體諒他們的心境，並且，用你的辦法去尋找快樂。

爭取好的成績，在學習中找尋滿足。上一代人已經歷盡艱辛，你這一代一定要放長眼光，相信未來屬於有為青年的，你今天的每一個努力，都是阻截了苦難的伸延，你將是父母的希望之光，這樣，他們終於因為你而使痛苦得到釋放。

苦中作樂

康和，你如果想得更通透，對這不幸家庭有進一步的覺醒，那麼，你不但不應埋怨家庭，埋怨父親，還要冷靜地想想辦法，怎樣使這家庭也能苦中作樂。

快樂是醫療一切創痛的靈丹妙藥，表面看來，你這家庭是浸透了苦汁，父母工作辛勞，入息低微，父親有病，又極度的脾氣暴躁，媽媽似乎想不通，常常長嗟短歎，現在的一線光明，就是你十分爭氣，學習成績常有驕人表現。

看，這就是一點可以使家庭也多少獲得快樂的光芒。你把什麼事情也向好處想吧，我建議你做幾件事：

第一，當學校有開放日的活動，力邀父母到你的學校走走，讓他倆知道你的學校生活，並且知道你有老師、有同學的愛護，讓他看到下一代很有希望，他們的兒子會有一天在家庭衝出困境。給他們點燃希望之光呀，父母即使對兒女怎樣兇惡，但當他知道這兒女是長進的、有為的，他一定會得到安慰，從而漸漸改變對兒女的態度。

打破慣性

家庭氣氛是否真的只可能是一片悲哀？我想，這有時會是一種慣性，媽媽下班回來，心情就沉重了，你爸爸發脾氣罵人，一時全屋是火藥味了，而你也苦着臉，老是一副無奈的表情，這種慣性的不良氣氛，就會一直「滾」下去，像山上滾下的雪球，愈滾愈大。

你要努力打破這種慣性。你回家之前，就想想你能給媽媽一些什麼好消息？你會怎樣有意無意般逗父親高興？開動腦筋吧，即使開頭可能失敗，你也不要認為吃力不討好，努力再嘗試啊！

舉個例子，你可以替低年班的學生補習，賺點零用錢，並且從中抽點錢買些禮物送給爸爸媽媽，譬如家裏的碗布太舊了，你買一條很好的毛巾回來，更換了舊的碗布，媽媽也會有意外的歡喜。買隻雞髀送給爸爸，在吃飯時放在他的飯碗裏，然後說：「爸爸，我替一個小孩子補習，剛出糧，給你買隻雞髀送酒。」他即使鐵石心腸，也會心存安慰。

不屈不撓

快樂從來不是等待得來的。你先要下決心給別人快樂，你才會有源源不絕的快樂。現在，家庭裏你的心理包袱最輕，你是唯一可以通過給予快樂而使家庭也產生快樂的力量。真的，快樂是一種力量。當一個人在最苦的環境裏，仍然保持快樂的心境，那麼這苦就不會侵身，不使自己受更大的心理折磨。

我完全相信，你的家庭可以從苦中尋得快樂，當然，這過程是艱巨的，因為打破慣性是一件難度很高的工作，何況，你爸爸的肝硬化問題、愛喝酒問題、職業不如意問題，在在會挑起矛盾，讓火爆現象常常出現。你一定要以耐心與不屈不撓的意志，引導家庭避過暗礁，能爭取到一點寬和，就爭取一點，能給父母一丁點樂意，就珍惜這一丁點。同時，解決困難要開動腦筋，要常常想辦法，而不是讓愁雲慘霧籠罩家庭。康和，努力啊！為家庭爭取樂意、寬心，你付出更多，必然收穫更多。

賣個關子

你爸爸的肝硬化，是慢性病，能適當調理，注意飲食和心境愉快，都不會迅速惡化。你爸爸如果能放開懷抱，不耿耿於懷的為職業問題苦惱，自然會一路平安，路不會愈走愈崎嶇。你試引導你爸爸吧，愉快是一種心境，一種情緒，而康樂長壽，愉快是十分重要的。星期日你試試陪爸爸到公園去，讓他接觸大自然，也許能減輕他的煩躁，人到晚年，面對一本難念的經，自然會苦悶、急躁、爭吵、叫罵，甚至與家人發生激烈的衝突，你明白這一點，並努力化干戈為玉帛，不嫌老人的脾氣古怪，那麼，老人家的情緒必會漸漸平復。

康和，知道了下月十五日是你爸爸的生日，我和師母計劃給他一個意外歡喜。什麼意外歡喜？容許我先賣個關子，你也先蒙在鼓內吧。

生活本來是複雜而囉嗦的，誰都可能碰到不如意的事，但如果能保持：「我此時此刻很愉快。」就必會走出情緒低谷。康和，望你能信心百倍迎向生活的挑戰。

給兆明的信

傑出少年

嗤之以鼻？

你請我列出成為傑出人才的標準。你説得妙：「每年社會上有十大傑出青年選舉。最近，又有傑出學生的玩意。傑出是什麼呢？如果我打電子遊戲機次次 Sure Win，我為什麼不算傑出學生？」

「傑出」如果照詞面上解釋，就是「超越人羣之上」。一隻老虎即使吼叫得多麼雄壯，我不會説牠是「傑出的老虎」，傑出是含有「才能出眾的人」的意思。一個社會需要時代的俊傑，一個人一生中總要有些傑作，即使某些地方有缺點，但總應有另一些地方有傑出表現。學生以學習為本，因此形容這學生「傑出」，自然是指他在求學問功夫上了得，打遊戲機有一手，那自然亦屬傑出之列，但卻不能説：傑出學生必須是打遊戲機的能手啊！

兆明，我們容易有一種逆反心理，老師説某人是好學生，就會有不少人嗤之以鼻：「車，老師的寵物罷了！」對「傑出學生」

的榮銜，自然亦有人瞧不起：「是否傑出，將來到社會顯身手才知分曉！」

白白得來？

你問我，一個人老是要追求傑出，會不會造成心理壓力呢？我甘於平凡，不刻意要求自己什麼，但求盡了力就好了。這種態度是不是可取呢？

在人生裏頭，確有人不尚衝刺，什麼學校賽，但求完成賽事，跑步的就跑完全程，不去在事前鍛煉，不去嘗試發揮自己的潛能。讀書亦如此，上課也掛雙耳朵，但卻沒有帶上大腦，可能你不遲到早退或請假，但是卻只會嘻嘻哈哈過日子，這種人生態度麼，如果出現在中年、老年人中，即可能是因為他在前半生屢受挫折，灰了心，就生出所謂澹泊人生的想法來，那也許是無可厚非的。

但是，對於一個才起步跑的青少年人，這顯然是一種放棄責任的表現。你赤條條地來到這世界上，只會「哇哇」地啼哭，飯來張口、衣來張手，你白白得到各種「賞賜」麼？你只會享受人家給你的物質和精神食糧麼？你沒有表示要回報社會麼？

何來惰性？

兆明，對於一個初長的人兒，他幾乎沒有權利懶惰，因為他已不斷享受着權利，得到父母的供養，享受社會的各種福利。甘於平凡、不去作人生衝刺，表現起來就是懶惰、不求上進。

這些話也許你認為説得太嚴重了，但實情是如此，一個人產生「惰性」是因為以下的原因：第一、從朋友、電視、或成人中感染了一種錯誤的人生觀，以為人生只是享樂，「最緊要Happy」，卻不知道換取享樂與愉快，是要一番人生的勇進。在求學時期，學好本領、增進知識，就是將來享受快樂人生的本錢。世界上哪有不勞而獲的事？（電視上最近播出有關一羣受騙的「美容品種菌」賺錢遊戲，不就是《木偶奇遇記》裏小木偶，相信狐狸説的，可以「種金」的故事翻版嗎？）

產生「惰性」的原因，第二是因為跌跤而灰心，一個人不會因為學步時跌跤而不再學走路的，但一個人即會因為讀書成績不理想而放棄學習。

甘於平庸？

學生發生「惰性」的原因，第三是得不到或少得到鼓勵和關懷。家庭裏父母從不關心孩子的功課，或學校裏的教師只會「教書」，不會「教人」，都可能使學生厭倦學習。相反地，一個善於督促兒女的家庭，孩子會因為管束而努力。這就像小樹苗生長要多加栽培的道理一樣。

我們若心裏說：「我甘於平凡。」其實是「甘於平庸」。你願意庸庸碌碌地過一生嗎？看看社會上各行各業，有成功的人，有享受自己創作業績的人，也有平平庸庸、碌碌無為、猥猥瑣瑣過一生的人。你目前是人生起步，即就有着「自甘平凡」的心理，目標低了，所得的結果會更低，唉，庸碌的人生，就是可悲的人生，白白在世界上走一遭，何必呢？

兆明，人家爭取「傑出」，你覺得酸溜溜，是不是像《伊索寓言》上的故事那樣：「吃不到的葡萄是酸的」？要爭取有傑出的表現，有一天成為才能出眾的人，這才是你的人生目標啊！

傑出少年

兆明，我給你開列一張爭取傑出少年標準的方單吧。

1. 責任感強，對時間有緊逼感，常以迫切的心情來完成指定的工作；

2. 有求解精神，凡有不明白的，都去追尋它的答案，並且善於吸收他人的長處，不固執己見；

3. 不易分心，學會較長時間內集中注意力去解決一個問題；

4. 富於探索，不時向自己提出新問題；

5. 接受啟發，注意聽別人說話，或「偷師」，看別人的本領，從中學習對別人提出的問題，積極回應；

6. 獨立思考，學習邏輯推理的能力，對一些見解，要習慣思考一下，不盲目接受；

7. 培養廣泛的興趣，科學館開了，你有去看看嗎？有留心社會新聞麼？也去學習一點書法、體育、美術和文學藝術麼？有興趣觀賞在路上來往不同款式的汽車麼？

8. 團體精神，我們在學校裏，在同學羣中，或在家庭羣體生活裏，要重視別人的利益，以助人為樂，處處表現與人衷誠合作的態度；

9. 樂於交友，與人有親和的關係，培養組織活動的能力；

10. 自信和沉着，以溫和而適當的態度表達感情。

人生的疙瘩

「英雄出少年」，這話不能誤解。現在流行於少年中間的「英雄主義」，是個人不擇手段地要「威」。這些人理解「傑出」，就是「突出自己」，在班裏故意説些刻薄尖酸的話去罵人，甚至去對抗老師；標榜自己有人「照住」，與黑社會沾了邊，因而天不怕地不怕；在眾人面前故意表現反叛精神，甚至以破壞來突出自己；推銷自己「讀書有屁用」的見解，就是故意不讀書、交白卷、上課不守秩序，以此來表示自己見解獨特，不與人同……總之，「傑出」完全被曲解了，這種例子，不幸地在我們身旁常常發生。兆明，我知道你不會抱這些見解，但是，當一個人失敗幾回，產生灰心情緒後，就容易走到這個極端去，「酸葡萄主義」的其中一個表現，就是當自己達不到好的，就用做個壞的來發洩，我們要小心的是情緒上這傾向才好。其實，我提出的十條「傑出少年」努

力目標，重點在於自我修行，能做到多少就多少，俗語說：「金無足赤」，人亦不會有完人，人生總會有此疙瘩呀！

新的面貌

「傑出」是一步一步達致的，中途可能會落敗、受挫，但再鼓起勇氣吧，一如蜘蛛在當風處結網，風把網吹破，牠又再結第二次、第三次……直至把完整的蜘蛛網結成。

兆明，我知道你頗有頑強的鬥志。記得有一次在夜雨裏，你送我回家，卻因為地滑，你栽倒在坑渠邊，當時你全身濕透，膝蓋也損傷了。我堅持倒過來由我送你回家。一路上你故意表現這點跌跤不算什麼，與我談笑風生，後來，你略施計謀，還是由你把我送達家門。「跌跤算什麼！」這種精神你自然地流露了。我希望你用這態度來對待學習，並防從「自甘平凡」而可能滑落成為「自甘平庸」的灰色心理。

「英雄出少年」，那是因為少年人最少顧慮，精力充沛，富於正義感，又是思想最靈的，易於吸收知識的時候；但少年人缺乏的是韌力和經驗。因此，你宜珍惜你所保有的，磨練意志和積累經驗以補充你所不足，並記取我給你提出的十條傑出少年努力方向。

給淑賢的信

關心別人，樂於助人

「熱眼」旁觀

喜從何來？我看見你整天眉開眼笑，那天參加你們的舊同學遊船河，你是個了不起的組織者，三十多個人，我沒有聽見一個説不滿意的，吃得滿意，玩得滿意，那海風習習吹來，更叫人精神爽快。你卻似乎沒有什麼玩過，一忽兒端來沙律，一會兒是滷水雞髀，少謙暈船浪，你很快送來止暈浪丸，還有酸梅送口，想得真周到，你雖然穿插於人羣，盡你的責任，但你一直愉快地説笑，跟這個談笑，跟那個聊天，中途瞥見那邊廂玩紙牌玩膩了，你即刻送去彈子棋和圍棋，你的精神狀態，一直在留心服務同學。

淑賢，我與師母一直在「熱眼」旁觀呢。我倆沒有冷眼，由衷地佩服你，我年輕的時候，看見熱心服務他人的同學可不少，但年復一年，我真懷疑人的素質在下降，自私自利的年輕人倍增，而熱心服務、待人滿腔熱情的年輕人漸漸少了。這是我這一代人的偏見麼？我倒希望這只是我的錯覺。

十字路口

人為什麼會漸漸變得自私自利呢？尤其在經過長期和平的日子，物質豐盛的城市裏，年輕人忙着享受，非常重視自我價值，以個人為中心的價值觀已經如影隨形，別人的感受，已經不重要。一個重視關心別人的人，他會重視別人的感覺，並且，奇妙地，他能給別人創造愉悅，他亦獲得無比的快樂。但有這種想法的人，在人羣中已愈來愈少。有的人外表是很為他人設想，但包藏的卻是一個自私的居心，例如希望獲至上佳的人際關係，便利於自我擴展；希望討得別人的歡心，因而得到回報……我見過一些人，他在利用你的時候，對你關懷備至，一旦失去利用價值時，他會在路上遇見你也迴避而過。

少年人是最真心的，我讚美是你具有的服務精神。「非以役人，乃役於人。」耶穌說了一個高深的道理，但要依着去做卻一點也不難 —— 以勞役別人為恥，以服務人羣為榮。我們也許真的來到了十字路口，我們該怎樣去塑造自己的生命？

社會正義

淑賢，你已是一個中四的學生了。「關心別人」，從低層次來看，是把別人與你看成一個整體，所謂推己及人，如果從高層次來看呢，是體現今天必須重建新社會的支柱，維護社會正義。人與人之間的疏離感，你是可以從學生生活感覺到的，同學之間是那麼冷，連老師與學生關係都表現冷冰冰的，同學之間更有猜忌，成績好的和成績不好的，有一道深深的鴻溝，學生以挑戰教師權威為樂事，教師想着的是怎樣去懲罰學生，這種冰冷的關係，擴展到社會，就是人與人間彼此傾軋，你踩我，我踩你。

於是，有改革家認為，二十世紀末應該共同來建立社會的新支柱，來迎接廿一世紀來臨，這支柱概括起來，就是「社會正義」。

社會正義包括幾個方面，其一是權力、收入應該在公民、羣體和國家間更公平地分配；其二是保證每個公民最低的生活水平和天賦的權力；其三是人與人之間彼此看成是一個肢體，友好而衷誠地分工合作。

孤獨無依

這個世界，從來是有理想的人佔少數，但他們卻推動着時代巨輪滾滾向前。淑賢，我高興有一個學生如你，有理想，願意實踐理想。

這份理想也並不高深，就是堅持助人為樂，真誠地關心別人，如同他們是摯愛的親人。你堅持下去，就是在實踐理想，在建立社會正義上，你盡了一份力量。

「關心別人」的大敵是「疏離感」，它蠶食我們美好的心靈。

什麼叫「疏離感」呢？那是對社會、對團體、對家庭或者對班級缺乏參與感。香港人移民到外國，如果不投入外國人的文化圈與生活圈中，難免有疏離感，因此很多人移民後都不快樂，他覺得這個社會與他痛癢無關，即使站在熱鬧的商場裏，他也覺得孤獨。

但有些人即使沒有移民，生活在熱鬧又熟悉的香港，也感到孤獨，無依無助。這種疏離感，其實是個人築了「心牆」，不想管別人，也怕別人管自己，這樣的人，孤單而自私，也不免內心苦悶。

裝點生活

淑賢，你善於把志同道合的舊同學維繫一起，彼此關懷，一起談心，一起娛樂，你自己看似付出不少精力，卻有豐富的心靈收穫。

面對學校的同一教學模式——老師授課，「填鴨」式灌輸，學生，不管明的或不明的，都往腦袋裏塞，老師教得疲累，學生也讀得疲累，然後接受一場又一場的考試，接受無情篩選……這種機械的一致化生活，其實就在製造疏離感，內心阻隔、自私自利亦從中產生，學校裏沒有團體生活的溫暖，那是可悲的。

你就從自己開始，聯繫同學，有些人叫這樣做是「搞小圈子」，其實有小圈子談不上錯或對，焦點是這小圈子是幹好事還是幹壞事。有時學校生活太一致化，我們嘗試把生活裝點得可愛一些，活潑一些，不但須要，而且必要。

淑賢，謝謝你常邀請我和師母參加你們的假日活動，下次又有什麼新節目？我倆喜歡與你們年輕人一起呢，因為我覺得愈活愈年輕了。

給紹源的信

生活，興趣，交友

膚淺地過活

你的信問了我幾個問題，幾乎使我啞口無言，生活是多彩多姿，還是囉嗦瑣碎的？流行的娛樂很吸引，嚴肅的文學藝術很沉悶，怎樣倒過來使自己也鍾情文學藝術呢？朋友中有不少生活放蕩、吸煙、去 P、上遊戲機場、說話不乾不淨，這些朋友應疏遠他們，還是親近他們呢？因為他們有活潑可愛的一面，有時還很講義氣呢。

紹源，你怎麼忽然對「生活」敏感起來？我們天天過活，似乎從來不會停下來思考，或瞪大眼睛去注視生活。你對生活的着意，似乎意味着你開始認識有深度的人生。

我們可以膚淺地過日子，看些漫畫或佻皮雜誌，追求名牌，哼幾首偶像派的情歌，無聊時玩玩電子遊戲機，晚上看看電視上的鬧劇，直追到深夜看《城市獵人》，讀書嘛，人讀我讀，不求甚解……這樣，生活是什麼？有的人會說：「我才不去想它！」

你能發問第一條問題，我先為你高興了！

創設好環境

生活既有多彩多姿的一面，又有囉嗦瑣碎的一面，因此有一位名人說：「生活是不平凡中透現平凡，在平凡中創造不平凡。」

如果甘於過膚淺的日子，生活就愈見其囉嗦瑣碎；如果願意追求過有深度的生活，生活就顯得瑰麗而絢爛，使你覺得人生充實、豐盛。

所謂「有深度的生活」，第一步是為自己創設一個好環境，好環境不是「富有的環境」的意思，我說的好環境是能夠培養心靈優美的環境。在香港的各種文娛體育的公共設施中，在在是好環境。文化中心、體育中心、科學館、藝術中心、演藝中心、大小的公園以及目前市政局[1]建的新街市，都同時建有各種文化康樂館，方便市民參與，當然還別忘記大小的公共圖書館、溫習室等等，我們何不充分利用這些免費的設施。其實家裏栽一盆紫羅蘭，你的 CD 碟中添些藝術音樂，設一個小圖書角，都是立心創造好環境啊！

感覺顛倒

「生活」，淺白地説是「生命的活動」。你可能有一百歲的壽命，頭二十多年在於吸收、學習和培育自己多方面的能力；以後的四十多年裏，是享受生活，同時回報社會，重點在於創造；到晚年是平靜地頤養天年。

紹源，你正處於頭二十年的青少年時代。生活會多姿多彩，但生活也必須艱苦學習，努力不懈去汲取知識與學習技能，既然如此，不免有囉嗦瑣碎的一面，這是兩相調節的，只要我們漸漸聰明起來，善於處理好生活，囉嗦瑣碎就會減到最低了。

你的第一個問題，我這樣答覆，你滿意麼？歡迎再與我探討啊！

你的第二個問題——凡流行的歌唱、娛樂都很吸引人，文學藝術，都常「悶親人」，要接受「悶親」的東西，該怎樣做呢？

我回答你第一個問題時，強調為自己創設好環境，這其實是使自己主動歡迎美好的東西。產生吸引或沉悶的感覺，是日子有功而產生的，你平日疏遠文學藝術，只讓眼睛耳朵被次文化佔有，漸漸就產生吸引與沉悶的顛倒感覺了。

多方選擇

一本好書，可以數十年甚至數百年至上千年流傳，一首樂章更是使人百聽不厭，每一次聽都能發現它的藝術魅力。但是流行的歌曲，常常不到三、兩年就叫人淡忘了。誰更有生命力，什麼是人類文化的寶貝，其實是黑白分明的，惟是上佳的作品，都有一份內涵，常常要欣賞的人去思想、推敲，如果慣了不經大腦，只求輕鬆或刺激，那就只會接受流行的次文化了。這道理你一定早明白了，問題是自己的感覺，一個人習慣接受優美的文學藝術，喜歡這些藝術靈性蕩滌自己的心靈，他自會覺得十分吸引；反而那些膚淺而生命短促的次文化，才叫人覺得煩悶。這是正常的感覺，但現在不少人是顛倒過來了。

去文化中心欣賞一場芭蕾舞表演（學生票半價呢！）留意大會堂有什麼好節目，到中央圖書館的舒適閱覽室去翻些圖文並茂的好書看，去看各種免費的展覽會，收聽香港電台的藝術音樂節目，參加學校或公開的文化興趣小組……其實選擇的面很廣呢。

零食與正餐

人生的興趣一在於創造，二在於追尋。小孩子喜歡玩積木，少年人喜歡砌模型，因為中間創造慾望得到了滿足。創造力是要靈感的支持，靈感何來？對各種文化的吸收，會使你腦筋靈活，充滿創意。如果單一地只喜愛次文化，例如只看佻皮雜誌，不看包含科學知識或文學價值的書籍，你的靈感只會圈在一個小小範圍裏，創造力就大大打折扣了。追尋理想，追尋真善美，起點就是追尋文化藝術對心靈的灌滿。

我不是說聽聽流行歌曲有什麼不好，也不是說翻翻「八卦雜誌」是大逆不道，不是的，在這個號稱資訊發達的社會，商業文化也成為其中一個門類，它亦能透露社會趨向，能給我們一時的輕鬆，但正如不能以吃零食代替正餐一樣，我們怎能讓眼睛、耳朵只容納流行的東西呢？培養多方面的興趣，愈早開始愈好，有些家庭自小讓孩子接觸課外書，聽聽藝術音樂，讓孩子畫圖畫等等，都能及早接受潛移默化。家庭未能提供，就要靠自己爭取了。

和而不同

紹源，你的第三個問題是個交友的問題，人生友誼不可缺，否則就會孤單、無助。交朋友自然找一些合得來的，趣味相投的，一起時覺得開心的，人似乎內心都有幾根弦線，弦線振蕩，會吸引相同的諧調，引起「共振」。我以為交朋友要求真心，彼此能以誠相處，日子久了，成為知己，正是「人生何求」！

尊重朋友的個性與習慣，不忙於評論別人長短，這是交朋友的一個守則。但是，還有一個重要的守則，是「和而不同」——你可以親和地待友，但你還要有你自己的見解與操守，有自己識別是非好壞的能力，無需事事與朋友相同。

當然，能交到一個高風亮節、學識淵博的朋友，那是一件美事。但人羣中有人認真，有人吊兒郎當；有人生活嚴謹，亦有人浪漫不羈。生活上有人可能有一些不良習染，時下吸煙、講粗口的青少年不在少數，我們交上這些朋友，適宜既欣賞和學習他們的優點（決不會只有缺點啊！）又看到他弱點的一面。

傻得離奇

你能做到冷靜地交友麼？冷靜不是「冷」加「靜」，而是一份理性的保留。交朋友是發放感情的事，我們容易只讓感情牽着鼻子走，但這是危險的，我們不能把朋友的缺點當美德，我們不可「臭味相投」。但也不能故作清高，因而把自己的朋友圈縮得很窄。我們在真誠結友的同時，保留一份理性，決不一起做傻事，做蠢事，甚至做了壞事也不自知。日前閱報，有四個中學女生，結成知己，有一次大家談起父母對兒女的冷淡，都嫌家庭溫暖不夠，這樣有人提議買瓶消毒藥水分成四杯，一齊把它喝掉——這顯然是傻得離奇的事，但是，感情使他們盲目了，竟有人建議，即有人附和，並立即去做了。幸好在最後關頭，其中一個猶疑一下。沒有跟隨把毒藥喝下，因而她能夠急忙報警，挽救了三個朋友的生命。

交朋友的面要廣闊，有時可能不容你選擇。就讓有緣的都成為朋友吧，只要你能保留一份理性，有時需要和而不同，那就夠了，朋友貴乎互助，如果彼此傳遞好的影響，正是交友之道哩！

1　市政局，一九九九年被解散後，由康樂及文化事務署和食物環境衞生署取代。

給美愛的信

五個方向

懷念你啊

事情有時是很奇妙的。上個星期日我整理舊照片，看到一張與你在海灘合攝的舊照，你那時可頑皮哩，你拿着水槍向我的臉射去，我被弄得滿頭水花，有點狼狽，忘了是誰就把這一瞬間拍下來，留下這一張使人懷念的照片。

想不到今天竟收到你寄給我的信，還有一張叫我看見你生活得多麼快樂的照片 —— 在雪地上砌了個大雪人，你用長圍巾與雪人每人圍一半，照片裏你笑得多麼甜。

但看你的信，卻又不是那麼一回事。你說：「老師，我移民到加拿大以後，很不快樂，雖然已經半年了，但我無法投入這個不屬於我的社會，我更找不到像香港時的親密的好朋友。現在媽媽與我一起，爸爸仍在香港忙他的生意。媽媽常怪我拉她的後腿，因為我不時歎氣，求媽媽帶我回香港去，媽媽說，坐『移民監』

不能中途而廢，硬是要我適應、適應，我看當我能適應時，已經是心殘意殘、意志消沉的廢人了……」美愛，你的信寫得好悲哀。

不適應症

美愛，你的問題其實是移民外地只是一個觸發點，產生的根源並不是到了陌生的地方，而是你漸漸「大個女」了。你即使在香港，當一個人長成，開始遠離少年時代，心境也會產生這樣或那樣的變化。這種變化有自身體機能而來的，例如內分泌機能變化了，自律神經機能變化了，因而引起思維、情感、情緒、慾望都發生顯著的變化；這種變化亦有自心理而來的，我們上一代人，因為物質缺乏，當青年期來臨，會有一種來自家庭、來自社會的要求，使自己生活勤儉、克己、自律甚至禁制慾望，這樣精神壓力較容易自我説服而漸漸適應，但你們這新一代，來到世界上就享受到種種豐厚的物質生活，以個人為中心的發展又常常認為是合理的，當到了青年期，那來自社會、來自學校的壓力、不公平、緊張生活、競爭心態、朋友關係等等湧到心間，青年人就覺得很不適應。美愛呀，你正來到這人生十字路口，現在加上移居陌生地方，多一層心障，問題就似乎變得更嚴重了。

雙重挑戰

有一句話説:「知己知彼，百戰百勝」，又説:「人貴有自知之明」。你不妨先學習了解自己，作一些心理現象的自我分析。

媽媽在你身旁，你要爭取她的愛，也要多方面關心她，使她得到來自女兒的溫暖才好，「太空人」是不好受的。這是爭取家庭溫暖，減緩不適應感覺的重要步驟。你看有些人，到中二、中三以後，與父母關係就有了變化，他們不大願意和父母説話，從學校回來後就把自己關在房裏，這也就是「青年不適應」一種表現，這種心態，常常是覺得很脆弱，只有關起門來才能保護自己……你現在於新的地方，與母親可説是相依為命了，你會明白愛媽咪的道理的！

每個人到了外國生活，將是終斷了舊的人際關係，開展新的人際關係的時候。美愛，你的年齡剛來到這一段「青年不適應期」，本來要與好朋友互諒互讓相處很好，已經要從頭學習，現在卻強逼你斷去所有舊友的關係，從頭再去建立新的友誼，這對你當然是雙重挑戰了。

身體意象

你聽過「Body Image」這詞否？這也許可以譯為「身體意象」。身體意象是心理層面的，而身體變化是生理層面的，青年人會遇到兩者不合拍的現象，有時是心理成熟得快，喜怒哀樂都深層次地來到了，但身體變化沒有相對應，予人的感覺是這孩子忽然「老積」了，「扮大人」，成人世界愛用冷嘲熱諷代替理解，這樣，會加重青年人的不適應煩悶；心理出現不合拍的現象，還會表現為身體變化得快，如女孩子提早來月經，性徵過早顯露，而身體意象跟不上去，旁人的感覺是「四肢發達，頭腦簡單」，而青年人自身的感覺是痛恨自己幼稚，產生自卑感，以為自己處處也不如人，這種「青年不適應症」十分影響一個人的成長。只有當自己認識自己，了解這種身體意象與身體變化未能相對應的暫時現象（這一切是暫時的！），心中處之能泰然，一方面鍛煉身體，一方面勇於從書本和生活中汲取營養，問題都能一一解決。

水土不服？

美愛，移居外國，的確有時會遇到「水土不服」問題，加重年輕人的「不適應症」。本來，你這年紀，即使身居香港，都會遇到營養吸收的問題，例如多吃零食，會造成貧血，少吃或不吃蔬

果，造成心臟不適，偏食（如不吃魚，不吃肉，甚至怕胖過量節食），造成營養不均衡，這樣會反過來使生理影響心理。當你移居外國後，可能腸胃對食物的品種與烹調方法不適應，這就更加重了這種「青年不適應症」的毛病了。

凡此種種，都在提醒你——不要把你的心煩意悶都歸罪於因為移民，適應的障礙在你這般年紀，是必然到臨的，要講究心理衛生，要用自己的意志克服心障，明白到年輕人的煩惱是當然的，我們若被煩惱壓倒，就只能站到弱者的行列——然而，我們不要等閒視之，找你相信的長者傾吐心聲吧！我身在香港，山長水遠，但是，如果我的筆能幫助你，我一定盡力，幸而郵遞發達，兩地的航空信，一週就收到了。

五個方向

美愛，香港有美麗的世界，也有醜惡的角落，歐美同樣有美麗和醜陋的一面。將來你投合了媽媽的意思，取得外地居留權，仍可以回香港開展你的抱負。炎黃子孫的後裔，歷來能夠以四海為家，我們傳統上叫它做「開枝散葉」，而華族人亦因此在全球各地發揚光大——這些大道理，你不但要聽聽，還應身體力行。我知道最近原香港居民林思齊博士（他是當年培正中學畢業生），當選為加拿大卑詩省總督，就是一個可喜的例子。

為尋求學問，追尋真理，年輕人到發達的國家去，借用人家大學的資源，以充實自己，何樂而不為？你居然有了這好機會，就別再猶疑了，求學、交友、投入社羣、克服心障、鍛煉身體——這將是努力的五個方向，你同意麼？

我青年時做夢能到外國讀書，覺得這樣才能知道天地之闊，但可惜家窮，這一直只能是個夢想啊！美愛，我多麼羨慕你，珍惜你的機會吧！

檢查身體

至於你說你自己的問題：頭痛、輕微失憶症、視覺和聽覺日漸遲鈍、理解力和專注力奇差、上課遊雲、別人說話太快跟不上、看書要看幾遍才明白書中說什麼等等，這些現象，歸納起來，其實都是「現代青年不適應症」的各種現象。一個人對眼前的生活不滿意，心裏有疙瘩，積累下來，就會變成身體的毛病，甚至變成病變。你現在第一件事是認識自己，亦請家人、長輩理解你（和他們談，甚至多寫信，通通電話等）；第二件事是自己醫治自己，常言道「心病還需心藥醫」，或者說：「解鈴還需繫鈴人」——意思都是說自己掌握好自己的情緒，想辦法使自己快樂起來。

如果你仍耿耿於懷，那麼就到醫院去全身檢查一次，驗血、驗尿、照 X 光片、做超聲波檢查（檢查內臟）、做心電圖、做腦部掃描等等，這些報告出來了，如果一切正常，你自可安心。如果發現哪裏出了點問題，也不用心慌意亂，還是要從心理、醫療兩方面治理哩。不過，我看你是杞人憂天罷了。

給慧琪的信

醜小鴨變天鵝

想有一對漂亮眼睛？

一個升中四的女孩子，忽然多想自己的身段、體態、臉容，這有什麼不好呢？慧琪，你想有一對漂亮的眼睛麼？想有一張潔白、漂亮的臉麼？想有一個高挺的鼻子麼？想有一副整齊潔白的牙齒麼？想有一對雙眼皮？想再高一些？討厭自己的腿太粗？想有纖細的手指？想腰身細點？胸脯能大一點？

應該為你高興才對，因為你會發現，在你周圍的外部世界很奇妙，漸漸，你又開始注意自己奇妙的內部世界。你的內部世界，就是你的個體，還有你的思想、感情。一個人對外部世界痛癢不關，那是愚蠢的，或者，患有自閉症的傾向。一個人到了中二、三，開始關心社會、關心世界、關心家庭、關心學校和朋友。這叫做思想感情的外延。一個人到了中三級，身體開始有從孩子變為成人的趨勢了，這時候，會轉移到多關心自己，重視身體的變化，並且會悄悄和別人比較，會站在鏡子前看了又看——會為自己的優點感到滿足，為自己的短處感到自卑。

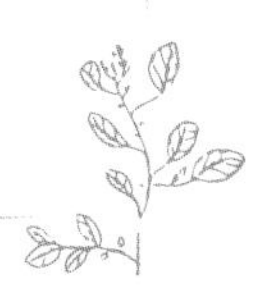

食物有使人漂亮的元素

女孩子一般唸中三開始，就會多留意自己的容貌和身姿，女孩子都希望有婀娜的女性美，而男孩子會追求健壯的男性體魄。

這不是虛榮心，更不是什麼「發姣」，有些人妄加批評，那是不對的，愛美是人的天性，我們追求真善美，美是其中一個元素啊！

一個人順利發展自己的體力、運動能力，對自己身體若然感到滿意，那麼他（她）必然日益對生活充滿信心，並愈來愈強烈地要求自己有更佳表現，產生一股人生不斷衝刺的動力。關心你的內部世界，不但正常、自然，而且有益、有建設性哩！

要有滿意的容貌與身姿，先要有健康的身體，給自己一點壓力是必須的。例如，過去有多吃零食，正常飯餐不開胃的情形，就必須糾正過來，少吃零食，注意均衡的營養，新鮮的蔬菜、水果，適當的肉類、奶類、豆類，食物不能有的吃有的不吃。讓食物幫助你長得漂亮，不能掉以輕心。

美妙的體態必屬於你

慧琪，能幫助你有滿意的容貌與身姿，除了食物，就是運動。想長成為一個高個子，又討厭腿太粗，希望健美一些，腰細一點，胸脯大一點……這些都可以靠運動來達到的，多做跳躍的運動，例如打籃球，那是使發育期的青少年長高的最好辦法，游泳是全身的運動，常常游泳，是使自己健美起來的門徑之一，有恆心地每天做柔軟體操，也是妙法。若堅持每天有一小時半的運動，美妙的體態一定屬於你。

那些隨便飲食，任性放縱的青年人，或者只會閉門讀書，不去運動的小夥子，就會漸漸出現他們不喜歡的體態了，因而產生自卑感，還會影響一個人的心理發展哩。

容貌與身姿，還會關乎一個人的心境和個人衛生習慣。保持快樂情緒，常常開心大笑的人，樣子會漂亮些，樂於助人，有良善的性子，會予人以美感，慧琪，容貌與心靈是相通的，你可有注意到麼？

刺激的文章

有的人的確會在發育時期感到煩惱，看見自己的身心變化會產生不安、奇怪，甚至產生羞恥的心理。幸而今日教育普及，更多的人感到變化是理所當然的，才不去擔心它。不安、煩惱、羞恥的感受，怎樣代之為感到自己接近成人而高興呢？我看，青少年人因為經驗不足，一定要接受這方面的指導與性教育，你在這方面可有自動自覺爭取認識？例如和媽媽討論，坦誠地說出自己心裏想什麼；或者到圖書館去找些青少年發育一類的生理衛生書籍細看。知識就是力量，一個人的內部世界，有太豐富的知識要追尋啊！

倒是有一點會產生危險，就是一些不負責任的雜誌、報章專欄，寫文章的人為了吸引少男少女的好奇，會誇張地說乳房、容貌的改造、性心理問題等等，這些不盡不實的文字，看起來刺激，會挑動讀者的好奇心，卻往往是教錯或教壞了初成長的青少年人。

建設美麗的心靈

慧琪，統計數字顯示，女孩子比男孩子早發育約兩年，九歲就開始「標高」啦，不但身體增高，女性的徵兆漸漸顯現，性趨向成熟了。一個中三學生，是身體增長量剛剛過了高峰期，發育逐漸慢了，到十七歲發育停滯，也比男孩子提早了兩年。你的體重標準，一個十四、十五歲的大女孩體重約五十至五十三公斤，身高約一米五至一米六之間，胸圍在七十二至七十五厘米之間，都屬標準。

在身體增長量大的時候，加強身體鍛煉，重視食物營養、建設自己美麗的心靈，都能使你散發青春氣息，日漸有美的體態和容顏。

「建設美麗的心靈」這話似乎很抽象，其實具體地説，就是注意自己的品德發展。學校老師常常考核我們的功課，對學生的品德教育放鬆了，這方面倒要我們切切實實找尋努力的目標，對自己提出一些要求。中國有一句古老説話：「相由心生。」相貌可以因為心地善良而顯得有福氣和漂亮的。

美麗人生由此起

品德發展是什麼呢？這裏試提出幾個努力方向給你參考：

1. 誠實，真誠，不説謊話，要讓人覺得你是可靠的，信實的；
2. 仁慈，有同情心，樂於助人，不記仇恨，寬恕對你不好的人；
3. 關懷，了解，尊重，不論家人或師友，都盡量做到相親相愛；
4. 追求完美 —— 讀書要讀得好，辦事辦得乾淨利落，居住環境要得舒適，有良好的衞生整潔習慣，欣賞美麗的圖畫、美麗的風景、動聽的音樂等等。

慧琪，這四個方向，你只要努力去做，睡前回想自己一天的行為，每晚反省，不停策勵自己，你必能為自己建設起美麗的心靈。一個人只有心靈美，才會有美的眼睛、美的容顏、美的風度，你有聽過：「眼睛是靈魂的窗子」這句話麼？我們努力學習做一個有內涵、有教養的人，這樣，你必永遠擁有美麗，即使他日年紀大了，仍然給人一份和藹可親的愉悦。啊，人生美麗，美麗人生，説到底，心靈美最重要。

醜小鴨變天鵝

慧琪，你說你到超級市場逛，眼睛會不自覺去搜索有什麼潤膚的沐浴露，使頭髮秀美的洗頭水，到百貨公司去，也會在化妝品部駐腳，聞一聞各種香水樣本，聽聽化妝小姐的推薦，用什麼牌子的潤面霜……

這些都是追求完美的表現罷了，沒有什麼不對，更說不上貪慕虛榮。但是，我們還要認識我們生活在一個商品的世界裏，商人把握住少女這個心理特點，會設法賺她們的錢，因此，花樣多多，不等於美就在你手中。何況，少女仍以讀書為貴，急着濃裝豔抹，胡亂用什麼香體露等等，都可能變得過猶不及，走到美的相反去。還有一種心理作祟，是會傷害少女的美態，那就是自卑心，老是覺得自己長得矮、鼻子扁了些、暗瘡多了一些、胸圍發育不夠、眼睛細了一點、單眼皮不好看……

總之，與人比較，就覺得自己這也不好，那也不妥，在這種精神狀態下，人不會漂亮起來，你若一如安徒生的童話裏的醜小鴨，你當會有信心有一天變成天鵝！

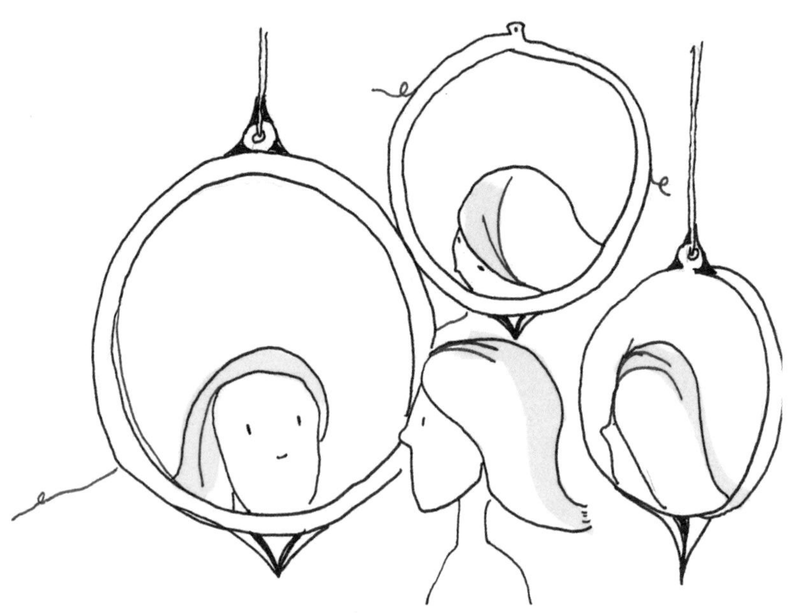

給莉莉的信

風度的美

他們販賣什麼？

莉莉，你的名字叫我想起盛開的茉莉花，素白的花朵，吐出清香的芬芳。你說最近翻看報紙，覺得很悶，什麼A小姐、B小姐，教你莫名其妙，打開電視機，劇集裏的人物，一個個都嘩眾取寵，編劇讓主角喜怒哀樂無常，似乎這世界宅心寬厚、溫恭克讓的人都死光了，一個個都不講風度，驚呼、狂笑、緋聞、油腔滑調、語帶淫邪，電視裏的節目主持人，就拿這些販賣給觀眾！

莉莉，你氣憤地向我傾訴，我為此而高興哩，因為不少人生活在這中間，已經習以為常，有的人會深受這風氣沾染，並自以為這才算夠醒目；有的人一笑置之，覺得無須大驚小怪，對庸俗猥瑣的東西已經麻木，像你一樣，總看不過眼，心中有氣的人，已經愈來愈少了，難得的是我們思想上能對這些東西保持抗拒情緒，你能厭惡這些近乎畸型的言行，是一種精神免疫。莉莉，我們真要為自己留一角碧水藍天，在你的四周保持一分善良純正的清氛，而自己培養一分善言溫語的風度。

風度之美

在真實生活中，應該與電視表演的不同。一個有血有肉的人，不會一直把情緒、把生活推到沸熱的境界，而且，這種沸熱，是個人的爭鬥、是情慾的誇張、是尖刻待人。莉莉，我同意你的見解：「我欣賞清逸、心平氣和、溫柔、謙恭、淡泊、寧靜。我的朋友家中，尚幸有幾個仁愛、忠誠的人，我喜歡他們從不背後妄加批評別人；他們有開放的思想觀念，但亦有自己的原則操守；談吐清雅，卻不是學究腐儒；低緩輕柔，又不失剛正公義，最喜歡聽他們說話，幽默而不尖刻，風趣而不低俗。他們的風度就是和樂愉悅、從容不迫、雅淡溫文……」

你把你的一些朋友描寫得太美了罷，我幾乎懷疑，這世界可會有這樣的人？我們欣賞有風度美的人，厭惡各種輕浮的表現。著名女作家張秀亞說得好：大凡是有風度之美的人，必有崇高心性。因他們對高遠的理想，有所企慕，對物質及實利的東西，故能一無沾帶，如陶淵明的詩句：「日暮天無雲，清風扇微和。」

電視人的翻版

莉莉，你心痛同學中有不少人是電視片集人物的拷貝（Copy）。這些人物有以下幾個特點：

1. 火爆性格，容易發火動粗；

2. 以「整蠱」人為樂，這種惡作劇，有的鬧得嚴重損害別人的自尊心，甚至使人有肉體的痛苦；

3. 説話愛用挑剔口吻。例如:「睇你個衰樣，數科肥梗啦！」或:「照吓鏡啦，唔好扮純情，做純情玉女實俾人欺！」等等，其實這些話可以這樣説:「你今天情緒不好，是嗎？數科考得怎麼樣？」或:「做人不能只有單純，凡事要想深一層，就不會給壞人欺負了。」同是一個意思，但能説得婉轉一點，誠懇一點，多麼好，但電視人物卻不是這樣的，他們販賣「糟質」，以「窒」人為樂。他們是推銷成功了，可悲的是人與人之間就一片戾氣。

4. 以語涉「性」為好玩，有意無意，漏些相關的「鹹濕」話，叫聽者受辱，就哈哈大笑。

電視片集的人物，還有以下的特點：

5. 自我中心，即使那些扮忠的人物，其實都是熱衷於自我表現者，是個人英雄的心理佔據靈魂。所以，他們會動不動就仇殺，就以暴力去英雄救美，去莫名其妙地自我犧牲等等，若以這些「忠」的人作為典範，人生就只會有更多悲劇衍生。

6. 情緒起伏，大上大落。電視畢竟是戲劇，為了製造戲劇的矛盾衝突，以哄起高潮，抓住觀眾的欣賞興趣，編劇家就千方百計把各式人物寫得情緒化、大悲、大喜，或者惡向膽邊生，或者純到不吃人間煙火……這些人物，若果我們在電視屏幕前天天看，就自然也把自己的情緒煽動起來，把人最寶貴的寧靜、淡泊、心平氣和，求修養、求學養的內涵，全部洗刷淨盡，人生不是這樣的，電視片集販賣的，是扭曲的人生啊！

莉莉，我略舉以上六點，補充你的見解，其實你還可以分析一下電視片集其實在販賣什麼，對我們青少年人發生了什麼可怖的影響。

有人説你白癡

有的人是會不同意用「可怖」去形容電視對我們的浸染造成的負面影響的。但如果問一問香港教師，讓他們來形容同學的腦袋是個怎樣的器皿，盛載了什麼髒東西，再回想電視散播的內容，就知道這個不停灌污水的，是香港電視文化，大量的惡例還用我去多説麼？

莉莉，你真是與我同道同謀，我們對這問題的看法竟如此一致。但是，你卻歎氣：「老師，我很孤立呀！我不能把我的見解舒暢地在同學間發表，當人人都説狐狸是兔子的時候，你堅持那確是狐狸，就會有人説你白癡。有的教師也無奈地説：『社會是個大染缸，歷來如此，這就是都市文明的代價。』你聽了很不以為然，人人都説這是『社會的錯』，就會不思改善，把爭取公義的努力都自動瓦解了。」

莉莉，你的理解是真知灼見，我給你鼓勵，不要灰心，不要麻木，不要無奈，一切從自身做起，再與一些志同道合的同學討論……

電視研究學會

莉莉，如果你堅持做個素心人，一方面在七顏八色的泥醬中「出污泥而不染」，一方面又不要自視清高而自我孤立。我曾說過面對不同見解的同學、朋友，可用和而不同的態度，同時常常借一些實例說明你的見解，讓人們從不同意你的見解到覺得你說得有道理，並進而參與分析，不再盲從香港文化。而且，自己也要不斷增加認識，我們認識這個世界，是不能原地踏步的。

你是否可以建議在學校各種興趣學會中，成立一個「電視研究學會」呢？我覺得可以從研究人手，各抒己見，學會活動內容是可以多姿多彩的。試舉幾例：

1. 參觀電視台。透過一齣電視片集從構思到拍成片集，過程是怎樣的？（深入研究，就會發覺編劇家是怎樣天馬行空為煽情而堆砌內容了。）

2. 邀請資深的電視人為你們演講，並回答學會會員的提問。

3. 研究最近放送的電視劇，討論劇情的合理性和不合理性，也可以說說演員怎樣塑造角色。

現代阿拉丁神燈

要認識電視文化對我們的負面影響，我説最好方法是讓同學研究，他們發掘下去，自會分曉是非曲直。我的好朋友周兆祥，寫了一本書，名叫《廢除電視？》他就是從研究電視進行，並為了認識電視到電視台工作，繼而驀然發現這種新世紀的魔術，這現代的阿拉丁神燈。他這本書以「問號」為題，表示仍與讀者探討中，書內對電視有深刻的分析，如果你們果真成立了「電視研究學會」，我看這本書是必讀書，可以用它來爭辯一番呢！

莉莉，從一個人的風度之美，與你談到踐踏風度的電視文化，似乎離題萬丈。其實不然，風度是寧靜致遠的表現，風度之美的關鍵是宅心寬厚、內心泰然自適，對真善美無限嚮往與追求。若果一個人老是呆坐電視機前，被它牽引着喜怒哀樂，那麼，一切會適得其反，內心不住翻騰，一個人的意識、趣味日趨低下，那麼，風度之美就一點也談不上了。

給婉明的信

問答遊戲

問答遊戲

婉明，謝謝你那天和佩佩來看我，我的感冒和發燒，第二天就痊癒了，也許因為愉快地敍敍舊，談談開心的事，心情特佳，自能卻病。

你説你摯親的人有父母、老師和朋友。師母就和大家玩一個遊戲，她説了十點，問大家分別會期待父親、母親、老師或朋友，誰去幫助你。

當各人説出自己的答案，都不禁笑起來。事後，我覺得有記下來的必要，我把抄錄的寄一份給你吧。

「當你經濟困難時，你期待誰幫助你？」師母提出了第一條。你答會先找父親，佩佩答會找母親，而我呢，我説我會找朋友。

第二條是：你期待真正理解你心情的人是誰？你答是母親，佩佩答是父親，我呢，我説是我的妻子。師母笑了，在枱下踢我

一腳。奇怪的是跟第一條比較，你和佩佩是互換了角色。這個世界，能找到一個真正理解自己心情的人不容易，有時只有誤解，叫你憋氣。

可信賴的人

你覺得師母提出的問答遊戲好玩，我卻為此浮想起伏。她提出第三條：你有病時盼望誰來照料你呢？你答是母親，這應是最標準的答案罷。奇怪佩佩卻説是朋友，後來你揭穿她的內心秘密，她其實是想説是她的心上人，有病時心上人來慰解，何等美妙！我的答案無從選擇了，自然是我的妻子，想不到師母又在枱下踢我一腳。第四條：在你苦惱不能解決問題時，期望誰能伸出援手？哈哈，你説是老師，並且指出是我。我很高興，成為你所信賴的人，不過青年人煩惱多多，能為他們解決苦惱問題，實在不容易。佩佩答是朋友，我們聽進耳裏，都把「朋友」聽做她的心上人了。而我的答案，也許出乎你們的意料——是上帝，我們一把年紀的人，如果有什麼苦惱不能解決，那麼找誰也難作幫忙了，我會祈求上天的幫助，賜我力量，最後，還是堅持地靠自己雙手去解決。答案不同，也許是年齡、閱歷不同之故。奇怪的是你們沒有選擇父母親來解決煩惱，父母不是兒女可信賴的最佳人選麼？

另有深意

最初以為師母提的問題，只求好玩，聽下去倒覺有深意。

第五條是：你期望誰會任何時候都認為你是對的？我笑說師母這問題很「縮骨」，一個人的眼看某人，他（她）永遠正確，這某人會是情人？偶像？催眠師？你的答案是媽媽，佩佩的答案是爸爸，奇怪這一回她沒有説是「朋友」了。我的答案——我猶疑着，後來，還是選擇妻子。你們爆出笑聲，向師母説：「你真的會認為他一貫正確？從不犯錯？」師母答得妙：「這是給他的安慰獎。」其實無論伴侶或朋友之間，如果能互相欣賞而不是互相挑剔，總是美事。

第六條問題是：你期望誰把你當人看待。這問題似乎有反面的意思——大抵會有人沒把你當人看待？後來師母解釋，有時你曾被「糟質」，當做出氣袋，有的人你可以忍一下，有的人你絕不能忍受。你的答案是朋友，佩佩的答案和你相同，你們解釋説，確有些朋友是罔顧朋友自尊心的，我倒沒覺得不被別人當人看待，我因而沒有答案。

解我寂寥

師母提出第七條：你寂寞時期望誰給你安慰？哈哈，我們三個異口同聲說：「是朋友！」我們一方面希望朋友能「把我當人看待」，更期待「朋友能增加我的歡樂，減少我的悲觀，並慰解我的寂寥。」但是，在現實生活中，這樣的朋友可容易找麼？佩佩答得妙：「對朋友寄望過多，就會失望，甚至失去朋友。」不過我認為先從自身做起，不去「窒」朋友，不給他難堪，有歡樂忙不迭與他分享，他不快樂盡量去安慰他。以心換心，這也許容易交到真心的朋友。

第八條：你期望誰給你思考問題的方法。佩佩和你都答是老師，我卻答就是「靈感」，靈感是經驗的現象，當你閱歷漸深，你會求諸以往的經驗，或者翻書看看，你們在求學時期，老師助你找尋思考問題的方法，自然是一條捷徑，但我以為靠書本的啟迪，也十分重要。

第九條是：你期望誰能給你傳遞有用的知識。三人的答案竟與第八條相同。你們熱衷於找老師，我卻希望從書籍中尋得有用的新知。

幾分傻氣

師母的問答遊戲第十條也真妙：「你期望誰不管自己說了什麼蠢話都能和你一起笑？」這個人與你心靈相通之外，還有幾分與你相同的傻瓜氣。我們的答案竟亦異口同聲，說：「是朋友！」你補充說：「我也期望爸爸能陪我一起傻笑，不要那麼認真。」一個人有時不免會做些傻事，說了些傻氣的話。如果人人都認認真真，只會板起面孔，那就太缺少幽默感了，生活的弦索繃得太緊，神經是會受不了的。朋友有時能與你癲一陣，你說了蠢話，一樣覺得有趣，笑成一窩，那會多麼好！

師母的十條問題問過了，大家一邊答一邊談笑風生。你回家後，愈想愈覺得這遊戲有深意。婉明，其實你說的「深意」，是觸發你去思考你的人際關係，朋友、父母、老師是你的四線人際關係，學生時代，絕不應對此馬馬虎虎。父母子女愛的維繫，缺少不了兒女對長輩的尊敬，並告訴他們你的期望。師生、朋友核心問題仍是愛。

內心奧秘

婉明，你對別人有所期望，別人亦會對你有所企盼，你期望於人，立足點是我先達成別人的盼望。感情的地鐵沒有單軌路，需要互通。師母提出十條問題，讓我們回想平日疏忽去想的事，現在當作遊戲玩了一頓，亦揭開自己的內心奧秘——你對爸爸媽媽、老師、朋友期望有多少？同時，亦可「反省」一下，我付與他們的又有多少？

我自己應先感到慚愧，你沒有來看我，我也就幾乎與你斷了聯繫，記得過往在學校，你是嬌嬌嗲嗲的一個，但也是願意親近教師的一個，有的同學與教師有嚴重疏離感，甚至在路上遇上了，也要垂下頭改路走。當然老師也有責任，平日沒有以親切和藹的態度對待學生，以學生之急為急。我自問熱愛學生，以能夠打入學生心坎為榮。離開學校之後，常常有學生探我，但也許工作環境變遷了，我倒極少主動接觸我們的舊學生。今次的遊戲，亦給我一個反省機會。

企盼與追尋

人能生活在盼望中，就有追求的意欲，我曾經説過，青年人最可珍貴的，一是愛心，包括自愛和愛別人；二是追尋；三是創造。師母提出的十條問題，當你無意間檢查了自己的人際關係的同時，也會發覺愛心、追尋與創造亦融和其間了。

「你期望誰能對你伸出援手？誰能解你寂寞？誰能給你出主意？誰可以與你共享生活趣味？誰可與你分憂？又誰給你人生指導……」每個人心中當然會有各自的答案，但這只是一廂的期望，能否達致，還要你去追尋。如果不用花太大力氣，已一一唾手可得，你是有福的人，但福氣還要你去回報，你企盼於他人的，亦回報他人。

婉明，願我們師生友誼也是這樣，歡迎你常來看我，忙時也可以掛一個電話給我。你們年輕人有什麼活動，也請邀請我與師母參加吧。

佩佩那天來時似乎鬱鬱寡歡，後來才見她展現笑容，她大概感情上觸礁了，你來關心她吧。

給堅中的信

十誡

蹉跎歲月

堅中，你來信向我歎氣，這個假期你本來有一個溫習計劃，但是，暑假開始，就有各種活動吸引你，心裏總說：「明天開始溫習計劃！」但是：「明日復明日，明日何其多，我生待明日，萬事成蹉跎。」你歎息自己磋跎歲月，還有兩星期就九月，你的溫習計劃還是一張紙，你問我：「老師，怎麼辦？」

這好比一部汽車吧，上足了燃油，就能以最大馬力前進，你已經玩了快兩個月，雖然現在只得十多天，你卻是上足了燃油的賽車，可以開大車速前進！

十多天的時間也不短，你只要每分鐘都用得好，從現在開始，每天用八小時在進修上，那麼一天就有四百八十分鐘，兩星期有六千七百二十分鐘，如果你用來英文串字，每分鐘記一個，兩星期下來，所有常用的英文字你都串熟了！立即開始吧，別猶疑！

豬心補心

堅中，你問得妙，多飲豬心湯，會不會加強自己的決心。豬心據中國傳統的食物補益分析，味甘、性平、入心經。成分是含蛋白質、脂肪、鈣、磷、鐵、維生素 Bl、B2、C、菸酸，豬心作用有：1. 補益血液，如果一個人血虛心悸、身體乏力，豬心最合用；2. 養心安神，當一個人精神恍惚、失眠，豬心有補養效果。

堅中，這答案你滿意麼？你可有精神恍惚症狀麼？

我看，你爸媽在你出世之前，就對你期望——我這孩子要「堅」，要「中」。「堅」就是堅決，堅持，有結實、堅固、堅強的含義，你要做個中堅分子，成為未來的骨幹，你這名字很好。現在，是回應父母，不辜負雙親的期望的時候了。堅中，努力，加油，下決心立即踢走干擾你的「心魔」，好好執行你的學習計劃。

一個人只有計劃性強，才會成大事。

時間輸不起

在我們的生活裏，唾手可得的是時間，最值得珍貴的亦是時間。暑假開始，你數數日曆上的日子，看見自己擁有近七十天的空閒，不用上課，不用考試，你一定立時覺得自己是時間的富翁。可是，當暑假快到盡頭，你發覺沒有好好利用假期，你就像賭徒輸盡了金錢，你已花費了你的時間 —— 不能再賺回來所失去的時間。

堅中，有的人確能做到坐言起行，想做就去做。但是有不少人是「猶疑派」，「明日推明日的」，這種性格的人，我們說他意志薄弱、優柔寡斷。這是一個人性格上的弱點。弱點是完全可以克服的，你現在是性格形成和陶冶的階段，這次你未能好好利用暑假，吊兒郎當，幸而你能及時反省，堅中，願你成為有信念、有目標，意志堅強的人，做「時間的主人」，而不是「時間的奴隸」。

與你共勉

堅中，與你談起做時間的主人，我心中盤想着，我應怎樣接受醫生的忠告。每天抽兩小時到戶外運動呢？醫生一再告誡我，不要睡得太遲，下決心每天六時起牀，吃過早餐即到附近的公園

去，每天留在公園兩小時，做運動、做緩步走，吸納新鮮空氣，對我醫治身上的慢性病極有好處，但是，我因為長期習慣晚上寫稿、看書、聽音樂，到深夜才睡，第二天要六點起牀，幾乎不可能。幸而我的老伴為我的健康着急，她給我打氣，最初，到晚上十點她索性關了電燈總掣，強逼我上牀就寢，早上，她又以溫柔的聲音把我喚醒。

但是習慣勢力頑強呀！我仍像小孩子似的。扭計着晚上不肯睡，不過，公園早上去多了，有了感情，已成嚮往的地方。堅中，在下決心辦一件事方面，我應與你共勉。

接受督促

我下決心掌握時間，實踐計劃的辦法，第一是爭取旁人的鼓勵、支持、督促，這一點十分重要，一個人意志薄弱，就不妨多接受各種督促，例如你說我在家中溫習英文，其實你可能三天兩天就鬆散了，但你若選擇一所好的補習學校，或者三兩好友約定時間一起補習，因為有外界的督促，就容易堅持下去，此外，說出你的心聲給父母或朋友聽，讓他們來鼓勵你，給你精神上的支持，例如我今回下決心每早晨運，鼓勵督促我的人就是我的老伴。至於第二點，是要看到成績，嘗到甜頭，一個人堅持辦一件事，總是有一個願望，盼望這件事使自己得益，或達成一項挑戰。半途如果看到已有點成效，容易鼓勵一個人持續下去。堅中，你呢？可有什麼好的經驗？

生活十誡

堅中，升級之後，更接近中學會考了，在這里程碑之前，尤要好好駕馭時間，使每分每秒都用得其所，無須我多說，你知道這次會考成績對你有多麼重要。這時候，我們決不能做「猶疑派」，而是做個勝出 —— Sure Win 的健將，你同意吧！

談到這裏，我還願意與你補充談談「日常生活十誡」，讓我們在生活上少碰麻煩，在成長路上順順利利前行，這十條是：

1. 今日能做的事決不要推到明日。
2. 自己能做的事決不要麻煩別人。（這是不依賴人、靠自己幹的可愛性格啊！）
3. 不花還不曾到手的錢。
4. 不急躁、不驕傲。有人說驕傲情緒，比飢餓、乾渴和寒冷更有害。

5. 不灰心、不氣餒，「跌倒就爬起來！」

6. 不説別人是非，不在背後判定一個人的成敗得失。我們如果沒有「觀人於微」的本領，為什麼隨便給人批評呢？

7. 不貪食，香港是食的天堂，引誘我們亂吃的機會太多了，但你的健康可能悄悄地給你「吃」掉。

8. 不做勉強的事情，只有心甘情願才能精益求精，不厭其煩。

9. 凡事要講究方式方法，所謂「有勇有謀」，不可莽撞。讀書更是如此，方法對頭，讀起書來倍覺輕鬆。

10. 不氣惱，你怒火中燒時，即閉目數到一百吧。

「生活十誡」，其實並不是什麼清規戒律，你可以看成是一些自我約束，使我能少遇麻煩的勉辭。

堅中，希望很快收到你的回信。

給小咪的信

培養好脾氣

「眼高手低」

小咪，知道你上中學已經改了名，叫王明麗。不過，我是喜歡叫你做小咪哩。你的來信，告訴我你最近心境不大好，有時看見桌上的杯子，就有把它摔在地上的衝動。媽媽對你雖然十分遷就，但你總是向媽媽發脾氣。有一次，你大聲地說：「你懂得做別人的媽媽？你懂個屁！」你媽媽聽了，淚水都淌出來了，後來，她就第一次生氣了，她說：「好吧，我就要做個像樣的媽媽，對你的小姐脾氣嚴厲對待！」後來，你頗有悔意，但就是沒有勇氣向媽媽說聲對不起。

為什麼心境會變壞呢？我很久沒有和你細談，對你已經不大了解。但少年人踏進青年的階段，會容易所謂「眼高手低」，對自己要求高，例如希望測驗成績好，希望有點魄力為小團體做點事，希望得到老師的讚許，希望擁有一些名牌的用品，甚至希望交到個體貼英俊的男朋友……不過，事情不會都盡如人意，當這些願望大部分都落空，一個人就會煩躁，心境不好，可能是這樣衍生的。

夢裏真真

你説你做夢看見綠茵茵的草地，又看見黑森森的樹林。你猶疑着，應該往草地走呢？還是往樹林走呢？後來，你向樹林走去，夢就醒了。

當然夢不一定能説明什麼，不過它畢竟是人的潛意識的反映。有人分析，當你夢見大海、或草地、或樹林、或平原、或百花園，你會眷戀些什麼，都能或多或少反映你的心理現狀。你選擇樹林，大抵家庭生活不大愉快，有人對你百般遷就，未能使你感動回報，這也許你心中並不需要這樣的愛。我知道你父母不和，爸爸很晚回家，和媽媽不瞅不睬。你夾在中間，很是難受。看來，這一點對你影響並不好。你如果選擇草地，是心境明亮；選擇大海，是心頭頗有抱負；選擇平原，是心平氣和，腦子單純；選擇百花園，你可能戀上了一個男孩子。

黑森森的樹林，你即要獨闖，你心中鬱結，無從舒展麼？夢看來有所啟示哩。

我的經驗

我自問有時也發脾氣，但我對朋友、對外人，我是不敢使脾氣的，倒是至親的人，就會偶然説幾句不分輕重的話。我發脾氣的對象，當然是老伴——最近與師母度過銀婚紀念，這位老伴伴隨我有廿五年了。幸而師母溫柔，我有什麼重説話就嚥下肚去，到隔了一段時間，才心平氣和對我説：「你剛才的話傷了我自尊心，你可曾發覺？」這時候，我倒有慚愧在心，且會即時道歉：「對不起啊，太太。」但有時，壞脾氣又要發作，師母就笑我：「你呀，勇於認錯，堅決不改。」

説實在的，我心裏亦偶有鬱結，千不該是把柔順的太太當做「出氣袋」，我其實已改了很多，我動氣時就做深呼吸，並祈求上蒼賜我平和的心境，對待親人多一點溫馨，少一點暴躁。小咪，我的經驗對你有用麼？

培養好脾氣

一個人有好脾氣，就是對這世界抱有希望，眼前一些不愉快的事，怎敵得過你對人生滿懷信心與愉悦呢，小咪，愛你的家庭，愛你的朋友，愛你的師長、同學，你心中若充滿愛，你自然希望以柔和的性子奉獻給他們。有些事你一下子改變不了，如爸爸媽媽感情疏離，你成績一時趕不上班裏的優秀生，對名牌的昂貴價目只能臨淵羨魚……但這些無須耿耿於懷，你由此影響心境，就是個典型的大傻瓜。一個人要有鬥志，目的未能達到，就再一步一步的邁進，你有盈籃的青春，能夠努力不懈而青春無悔。是麼？

聽說你從不參加同學的宿營或露營活動。我倒希望你從羣體中，培養一副好脾氣。

小咪，柔順自己的性格，熨平自己的心境吧，先從對媽媽做起，然後是你的旁人，這方面，為師願與你共勉！

何必狂躁？

現代人都有狂躁、與人對立的傾向。青少年叛逆的心理萌芽，不免因小事衝動，容易與教師、家長、朋友產生對立情緒，甚至心懷報復心理，不計後果，造成這種性格，可能是青少年對受委屈，成人用權威把孩子壓平；或者父母態度專橫，有打孩子、辱罵孩子的習慣，孩子在這樣的環境長大，心理就不平衡，倔強、對立的個性就此形成。我想你大抵沒有這些不愉快的經歷，

但成人的專橫、蠻不講理，你會嘗過不少吧？記得你曾向我訴苦，新來的班主任常常要學生服從她的話，動不動就記缺點，記小過……這一點，可能令你心境很壞，是過去種下的苦果。

矯正的辦法不是沒有，上次我鼓勵你熱愛生活，對世界抱有希望，是矯正壞脾氣的好方法。第二個方法是「文化藝術陶冶法」，你一向有閱讀課外書的好習慣，到圖書館找些優秀的文學名著、名家小品散文來欣賞吧，好的書本，正是心靈妙藥。

值得欣賞啊！

小咪，高興地知道你學打壁球，常與三兩同學租場來玩。體育運動還是矯正壞脾氣的良好方法。打球、游泳、滑浪風帆、獨木舟……香港康體處給市民安排不少體育活動的訓練班和上佳的場所，你迷上了其中一兩項，日子有功一定會矯正沮喪、憂鬱、散漫等不良性格（如果有），塑造出勇敢、頑強、樂觀、大方、樂於合作的好脾性。希望你的壁球愈打愈好。我不會打壁球，但喜歡打羽毛球，何時租場與你玩一個假日？

把自己關在房裏，自怨自艾，一個人的好脾氣是不會產生的。只有走出小屋子，呼吸自由的空氣，結交好朋友，才能漸漸心胸開朗，樂觀豁達。小咪，我欣賞你常有甜美的笑容，對老師又那麼親切，嗓子又那麼美，我喜歡叫你做「小咪」，你本來就有柔美的性格啊！

別急於求成

你來了電話，說我的信每句話都中聽，你說：「老師，嚴格一點要求我吧，你能給我什麼金石良言？」

這正是你急於求成的表現，我看，你還是按部就班去做，先矯正一點，有了效果，再努力一分，反正培養良好的性格，是長期的事。關鍵是有決心、有信心，有恆心，不要一曝十寒才好。

如果你一定要我說一點「金石良言」，我就說幾句吧。小咪，你已經是個中四學生，應該認識生命的價值，建立自己的理想，不要孤單勇進，投入時代的洪流——這番話你聽來應不算唱高調吧。第二條是善於創造、善於追尋，離開了創造（哪怕是畫一幅畫）和追尋，人就會空虛，萎靡。

好吧，就先說兩條，你能做到麼？歡迎電話或書信探討。

Read

給偉業的信

源頭活水

推了麥當勞

偉業，上週末你來看我們，剛巧我外出，師母說你一臉虔誠，跟她聊天，講起小六時我當你班主任的情景，你說忘不了我的生動講課，更忘不了帶你們攀越獅子山，一路上植物標本蒐集，地形山海研究，還講了兩個關於獅子山的民間故事……你說的盡是溢美辭。但我當年一往情深的教學，六、七年過去，仍留在學生的心坎中，我聽後多麼興奮！

你已經遠飛倫敦了，這封信相信很快到你手，我興奮更因為你中學階段雖然一波三折，爸爸硬要你去學修汽車，做他的徒弟，你的抗命，幾乎父子關係破裂。

到中二下學期，「肥」了英文及數學，你曾氣餒，當時麥當勞高薪招工，你已報名，想早日掙錢算了。

後來，在我和你的同學極力反對下，你回到校園，並且，師母為你補習一年，你功課突飛猛進。

師母常對我說：這孩子聰穎過人，又能苦學，就欠缺人指導。一年後你已經拿四科 A 的成績給我們看了！

自修得法

還記得第三波折，你中四上學期患了肝炎，眼看身體垮下去了，你對着我們哭了幾場，說過去的努力白費了，因為醫生要你退學休養，你說一定誤了會考。

後來還是停學半年，本來醫生反對你勞累，你卻偷偷自修，同學們源源供應筆記和每段的測驗卷，你就在病牀上繼續孜孜不倦求學，記得麼，你曾在電話中對我說：「老師，我發覺一個學生如果自修得法，比聽老師講更好，我現在每天看參考書，聽錄音帶，覺得時間由自己掌握，吸收內容緩急由自己控制，效果很好！」其實，這正是美國學校的方式，香港有幾間中學，都是讓學生「走堂」，可以上課，可以躲到圖書館自修，而考試是開卷的。

半年後，靠你的意志，你堅持早上晨運的恆心，而藥物又對了，病竟霍然而癒，這時離會考只有六、七個月，你說老師講的、同學研究的，你都覺得聽起來毫不吃力。你學會了自修和掌握正確吸收知識的奧妙。在模擬考試中你幾乎大獲全勝。

師母的淚花

偉業，一波三折，竟然沒有難倒你，而你年紀輕輕，已經接受種種挑戰。會考成績傳來，你成了「狀元」哩！

我們在報紙上讀到記者對你的訪問，你頻頻說：是父母、老師、好朋友的幫助，新聞照片見你謙卑之情泛出，仍然是那副虔誠的老模樣。青年人成功了不翹尾巴，幾乎未之有也。師母的淚花都出來了。

你今次得獎學金出洋，聽說將一去經年，遺憾的是你與我辭行時我不在家，還要你久候。不過我也許下心願，參加你的大學畢業盛典。

你留下的字條，字字甘美，即又未免帶點辛酸。你懇請我在你今後人生路上，給你進言。我想了一個晚上，現在，就寫下我的感想吧。

你從此是風平浪靜，走你完美的人生路了，劍橋大學是一家迷人的大學，讀徐志摩的康橋詩篇早使我心焉嚮往，何況還有輝煌的歷史，美的校園，美的教學法，你在這學術環境中，簡直到達靈性與學養追求的最高境界，經你這六年的中學磨練，還有什麼困難阻擋你？

源頭活水

偉業，治學之道大矣哉，我看你第一是在學術道路上義無反顧，全力追尋，你的目標不妨高些，在拜名師、交義友方面認真，好好完成你的學術抱負。有的人聰明過了頭，會鑽進牛角尖而不自知，你可要提防，源頭活水，最可珍貴，何況當今知識更新速度驚人！

第二是讓幸福之神眷顧於你。我總覺得人生裏頭，常常有些偶然性的東西出現，可能改變你的人生路途。説得具體一點，可能是疾病，可能是交通意外，可能是人際關係損傷，愛情的周折，或是什麼的。這方面你過去有化險為夷的寶貴經驗了，不過宅心仁厚，寧人負我，我不負人，而處處靈活而又小心從事，往往是信靠之道。

第三是名利的膨脹改變一個人的人生觀。説不要名利，是不合當今的社會，也是違心的。問題是什麼樣的名利觀。例如學術地位上、榮銜上可以追求不捨，卻應當之無愧，而非徒得虛名。財富迷人心竅，但不能窮追而捨本逐末。扼要的説了三點，還要你去領悟了。一週後師母會寫信給你，勿念。

給瑞蓮的信

用愛去爭取她

不要再哭

瑞蓮，你不要再哭了。你的傷心，我寄予無限同情。你只有這麼一個妹妹，卻就莫名其妙墮進了深淵。你要幫助她，回答的是：「我覺得 happy 就得啦，你有你醒，我有我衰，說多也無謂。」在父母和你的夾攻下，她索性做個「今天不回家的人」，唱着林憶蓮的歌就此一星期未歸家。你見過她的朋友，有男有女，口啣香煙，說話句句有粗口助語詞，還夾雜些聽不懂的暗語，有幾個穿戴怪異，你妹妹置身其中，已覺較似樣了。

你說，這些人有「洗腦」的能力，跟上他們，就會心中防線盡失，道德觀念改變，愈畸型、愈「核突」似乎就愈出眾，在他們中間愈有英雄感。

的確，妹妹這時候是快樂的，去 D、去 P，去麻醉自己，又一羣人若無旁人地四處賣瘋，嬉哈自樂，他們覺得家人對他們無法理解，說他們墮落，他們認為你們自命清高，我衰我爛，但我開心，家人管她，她就逃避，然後一班人糜糜爛爛地過日子。瑞蓮，你先要掌握來龍去脈的資料，並探知她的朋友實況，所謂知己知彼，才能把妹妹拯救過來。

叫你心涼

瑞蓮，據你分析，你妹妹還走得不遠。升上中三時，她已屢屢自怨自艾說：「唔知阿 Sir 上課嗡乜，今次的成績表，一定又叫老爹大動肝火。他只會罵、罵、罵，好像學不好完全是我的錯，其實教師屎斗呀，冇厘方法，家姐，我好想轉校，換換新環境。」

但向爸爸一提，又是罵聲四起：「人家打崩頭，托人事才進入這名校，你即打退堂鼓？一千一萬個唔得，老師點會屎斗，係你腦袋盲塞！」

這麼說來，她失足的導因就是缺乏了解與關懷。在中三下學期，唯一能安慰她的是你，但你即遠赴英倫求學去了。她答應常給你寫信，但只寫過一封，你每月兩次言詞每多鼓勵的信，都得不到回音。你寫信給媽媽，她就打 IDD 說：「我當生少個女！唉，瑞蓮，幸好有你生生性性。」母親對她絕望，使你憂心如焚，今年你掙得一點錢，就咬緊牙關買張來回飛機票返香港。下機你竟一直哭了，和妹妹談過很多次，她都沒有聽完就溜了，並且聲聲說：「你是留學生，你風光，就留給我衰我賤呀！」這番話，道出

了她的心理狀態。

威脅父母

瑞蓮，既然你在父母心中有威信，他們為你而自豪，你就要借這份力量，與父母懇切長談。解鈴還需繫鈴人，何況你逗留一個月，仍要離開香港，你若再回來，妹妹會不會變得面目全非，就靠你這個月大做功夫了。

你可以說：「爹哋媽咪，我只有一個妹妹，我最疼愛她，如果她繼續變壞，我會神經失常！現在我雖身在倫敦，但心情一直不好過，老是記掛着妹妹，甚至影響學業。為了我，也為了妹妹，爹哋媽咪，你們一定要改變對待妹妹的態度，打罵是出不了乖女的，你們對她的厭惡表情和凌厲說話，我亦感同身受。答應我，不然我寧放棄學業，回來與妹妹共進退！」

這話不妨帶點威脅，對於積習難返的頑固派，的確有時要用重藥。現在關鍵是父母願意改弦換轍，原諒妹妹的一切，加倍給她溫暖與尊重，才能在這場拔河賽中，把她從流氓中拉回來。

「爹哋媽咪，原諒妹妹吧！當爸爸動氣時，最好把自己關在房中，喝幾杯冷水，現在只有愛才能解開這個結啊！」你要搜羅世界上最好的詞句，去說服父母。

最後一擊

你説妹妹大概已失去貞操，早與這些人胡天胡帝，但她有沒有吸毒？如果有毒癮又有多深？她在瘋瘋癲癲之後必會有空虛感，到時她會想家，會想起一直對她很好的姊姊。你能以紀念信物使她仍有所慰藉？爸爸媽媽果能態度改變，家庭溫暖是無堅不摧的。

記着，一再提醒父母，不論她已墮落到怎麼樣，都別提往事，現在對她一絲絲的責難，都會使她走得更遠。

她上星期六給你一個電話，語語淒酸，又不停菲薄自己，你聽見她在哭。「再見了，家姐，你就當爸媽只有你一個獨女吧。」

你擊中了她心靈虛弱的這一刻，説：「妹妹，你永遠是我的好妹妹，我明年畢業了，我已儲了錢給你買飛機票來英國參加我的畢業典禮，妹妹，我已對媽媽説，如果你一意孤行，我會停學回來與你共進退，你衰，我要比你更衰！妹妹，見見我吧，我在英國買了一件你最喜歡的禮物給你啊！」

果然你擊中她內心深處的一點熱，她哭着答應見你。

給阿寬的信

理性與非理性

阿 Sir 沒收你的雜誌

阿寬，讀了你給我的信，我深感你的幽默。關於老師沒收你的《YES! 》[1]，究竟老師對不對，真是説來話長。

這其實是愛與關懷和尊重與理解的衝突。生活上本來就是不停產生矛盾與衝突的，有的是對抗的，例如兩鄰居結仇，從吵吵鬧鬧，到懷恨在心，禍根愈種愈深，這種矛盾就愈演愈尖鋭啦，是對抗性的。

但有些矛盾是出於善良的願望沒有被接受，一般是一方不注意方法，有時簡單粗暴，於是另一方「條氣唔順」，就成為矛盾。這種非對抗性的矛盾，我們實在要化解啊，不然，就會成為「委屈」的鬱結，正是好事變了壞事，年輕人的氣質與性格未成熟，沉不住氣，就會幹傻事。前些時有學生因為受不了師生間一些誤會，竟然走上自殺之路，看來，非對抗性的矛盾也會有潛在的危

險，不過看看你的信，亦多自嘲，似乎就用「談笑自若」來處理，你這樂天派，對於這次的矛盾，一定有好方法吧。

赤裸裸的「天體營」

阿寬，自從倪震和邵國華辦《YES! 》這份中學生雜誌，香港的校園讀物就轉型了。這其實是日本文化的移植，這類雜誌，在日本是充斥市場的。

它的成功所在是什麼？第一是不惜工本、印刷精美，俊男、美女、公仔箱偶像都以彩頁奉獻；第二是沒有教育樊籠，只要老編喜歡，什麼話都可以宣之於筆，正合中學生無厘頭語言的習慣，而且不管什麼「語文純潔」那一套。廣州話、甚至意會的粗話都派用場；第三是擊中中學生心理，教師有什麼錯失，可以罵，可以「爆」，可以嘲諷；哪一個女生靚，可以渲染，心裏有什麼幻想，甚至青年人的性幻想，都可以口沒遮攔。而且答案可以是離譜的、反叛的、不按牌理出牌的，完全適合青年人心理發洩。當然，還有不少怪招，如讓讀者作紙面上的參與，選舉最靚的女校校服等，這是個真正的「天體營」，把自己、把別人赤裸裸地堆砌一起，中學生在沉悶的學習面前，怎能不對它舉手投降呢？

理性與非理性

老師沒收你的雜誌，你在信中對我說：「我想阿 Sir 想自己睇，又想慳番十皮，於是就出到沒收呢一招；或者昨晚被老婆『糟質』，今日選中我來回報，甚至可能要做一次心理測驗，看看我的修養。我當時舉起頭，翹起唇，心裏話：肉在砧上，要宰要殺，悉隨尊便啦。後來阿 Sir 話我表情『招積』，我心中好笑，因為最後還是我把他的自尊打敗！」

阿寬，你的「獨白」呀，就是典型的《YES! 》的用語和灌輸給學生的心態。

你在染缸中已染了色，認同了這種語言、這種態度，你不會想到：「阿 Sir 可能出於好心，怕書本會對我有不良影響吧。不過，用的方法可能粗暴啲。為什麼不先同我分析一下呢？現在是一個多元化的社會，學生對各種讀物也接觸一下，冇乜唔妥呀！」

你前一種心內話，可以說是非理性的，而第二種想法，就是理性的。阿寬，你究竟要學做個理性的人？還是非理性的人？

一蟹不如一蟹

有一番話，我聽了很高興，你說：「其實，我閱讀面是很廣的，圖書館的科學雜誌同圖畫百科全書，幾乎給我翻爛，小思、阿濃的散文我就擁有幾本，衛斯理科幻更唔在講，金庸武俠小說一個暑假睇清，最近還學睇 Paperback 兩書，《YES! 》只係用來輕鬆下精神哪，阿 Sir 唔知同類的還有很多，例如《一番》、《CVT》等，但係一蟹不如一蟹，我睇嘅係同類中最正經嘅嘞，阿 Sir 大都是盲巫，呢個世界還有『禁書』呢回事咩？」

這番話就較具理性，你講了自己閱讀多文化的現況。一個中學生要學會事事分析問題，不能傻傻瓜瓜的，思想方法簡單幼稚啊！

說到中學有沒有「禁書」，其實用「禁書」一詞是嚴重些，但應該有所選擇，一些暴力、性、荒謬思想灌輸的讀物，因為中學生身心未臻成熟，應該避免看，你說對不對？阿 Sir 的處理不當，你還是寬心吧。

1 《YES! 》是香港一本以青少年為對象的雜誌，一九九〇年創刊至二〇一四年停刊。

給小冰的信

把溫柔、可愛留給誰？

羞喜交織的一瞥

小冰，你如此坦白，給我吐露你的內心秘密，使我既驚且喜，你放心，我會一直替你保守秘密。

你說兩年前一次半夜起牀，看見爸爸和媽媽赤裸在牀，擁抱一起，媽媽輕哼着，像很快樂。你既羞又喜，因為爸爸愛媽媽，你很高興，這種鏡頭其實偶然在電視裏也會驚鴻一瞥，你是懂得的，不過現在立體地出現在你面前，你不禁面紅耳赤。

你的性格是無事不對媽媽說，第二天你把看見的，吞吞吐吐向她說了。想不到媽媽的態度開放，說：「女兒，這一如吃飯，每個人都會做的事。肚餓嘛，就想吃東西，性需要就要得到滿足。但人不是豬狗、禽獸，有一夫一妻制，有道德制約，因此，這等事要有神聖的契約，結合為夫妻，才可以進行，否則，就是姦淫。」

你嚇得吐吐舌頭，不過，事後你覺得難忘的是當時媽媽愉快的輕哼，從來沒有見她如此快樂過。

羅曼蒂克的氣氛

小冰，想不到事情還是誤導了你，這也許是家庭和學校仍在學生性教育問題上舉棋不定之故，你自看過爸媽做愛的情景，就認定性能帶來極大的快樂。

媽媽説什麼不是夫妻去做這等事，就是姦淫，你覺得那是唬嚇你吧了。

媽媽從小就愛唬嚇你，小時候你哭，她就嚇你：再哭就會有熊人婆婆來抓你了，現在，媽媽又重施故技吧。

今年暑假你和一羣同學到西貢宿營，剛巧是三個男孩子、三個女孩子，男孩子都是過去小學的同學。

想不到玩了一天後，晚上黃昏日落，有兩對已經從挽着手到互相依偎，餘下一個彬仔，態度有點害羞，修長的身軀，舉止溫文，你對他有好感，在落日餘暉的羅曼蒂克氣氛下，你倆禁不住也依偎一起。

這一晚，你們三個都做了傻事，鼓勵你的，竟是媽媽快樂無比的表情再現腦海，使你急於追尋，去嘗試，哪怕是個禁果。

你心中在發抖

小冰，你一直深藏這秘密。因為自那次後，你就拒絕彬仔頻頻的電話約會。你覺得嘗過了，就要適可而止，還是聽聽媽媽的告誡。一個月後，與你同去的海倫，竟一直月經不來。她和那男仔胡亂在旺角找三姑，服了兩劑墮胎藥。後來海倫下體流血不止，進醫院半個月。

你每次到醫院看她，見她面色蒼白，心中就有萬二分的懊悔。那男孩子的父母知道後，賠了一萬元給海倫的媽媽，自此就沒有再來，連電話也沒有。海倫的健康已恢復，但心靈似乎創傷極深。

她幾次對你說：「我恨死男人！我爸爸早就遺棄了媽媽，我竟又似走媽媽的舊路……」語氣超出她的年紀。你為此心中發抖。

你說：「老師，我不懂，也不好問爸爸媽媽，你和師母幫助我吧！聽說有『人造處女膜』的，我想多儲點錢，修補那處女膜，好把過去的全抹掉！」

小冰，處女膜不能代表什麼，你不要刻意去求，做了反而帶上欺騙成分，可能成為禍恨。一切都過去了，你能吸收教訓就好了。

把溫柔、可愛留給誰？

小冰：你的媽媽對你說，只要有了婚約，男女才可以做這等事。這話是不完全的。美滿的性關係一定要有愛情做基礎。愛情是什麼？有些人說：愛的意義是使你所愛的人幸福。現代人說愛情是相互體貼，相互欣賞。

要嘗真正的愛情滋味，最佳年齡是廿二歲以後，只有思想成熟，才能細味愛的甜蜜。一切沒有愛情的性關係，即使有了婚約（古代就有奉父母媒人之命結為夫婦的，但那婚約有什麼意義呢？）也不免是找尋官能刺激的遊戲。代價是巨大的。你的一位朋友心靈已被扭曲，心中的刺會終身擺脫不掉，這是你親眼看見的。

小冰，不要再想這件過去的事了，從現在起，一心讀好書，交些有志氣的朋友，多讀些文筆優美的課外書，使自己有高尚的情操。

然後，把溫柔、可愛交給你將來的丈夫，把甜蜜的生活留給將來建立的家庭。

告訴媽咪吧，讓她放心。父母沒有怨懟，不致嚕嗦而糾纏着過去你的過失。你是有福的人。

給阿貞的信

甜蜜的家，可愛的家

我是這家庭的異種

阿貞，你描寫滋味的日本菜，使我垂涎，並且，最大的收穫是贏得家人讚許，使你一直和家中各人關係弄得很僵的局面，有了緩和。

你向我提過幾次了：「老師，我在這個家中像《安徒生童話》裏的醜小鴨。我是異種，一直與父母、姐姐、弟弟合不來。或者我是一隻怪蛋，不知怎樣落到這個窩裏，他們順便把我孵化出來。

真的，我的皮膚色素很黑，和媽媽、姐姐的雪白膚色大不相同，雖然媽媽說她肚裏懷着我的時候，常吃芝麻糊，可能影響了我的膚色，但我仍然覺得自己是異種。

爸爸很疼弟弟，對兩個女兒很冷淡，但對姐姐還偶然有講有笑，對着我就是一副嚴寒的面孔。媽媽雖然比較公平，但她常怪我對弟弟關心不夠，對姐姐又不尊敬。爸爸和媽媽對這個寶貝仔已經寵得像對波斯貓，弟弟恃寵生驕啦！我看不慣！我如果還加

一份關懷，那可不得了！姐姐比我才大一歲，我又為什麼要尊敬她？」

學會做十款紫菜飯糰

阿貞，聽來確真有趣。正是「有心栽花花不發，無心插柳柳成蔭。」這個暑假，你參加了一個興趣家政班，學調製日本料理。教師是一位在日本住了二十多年的中年太太，今次來香港探親，就被邀請為你們傳授廚藝。她教得很認真，每次上課都要你們買齊作料，立即跟着她做。你一向迷日本的東西，日本歌星、日本公仔、日本飾物……現在接觸到日本菜，你更是興趣十足，努力去學。

我真為你自豪啊，你說：「老師，我已經學會用紫菜、配料，做十種不同款式的紫菜飯糰。這種飯糰，在外邊吃，花十元只吃到兩個。我還學會做日式煮魚糕、肉末雞蛋卷、鰻魚香飯，又會開個小油鍋做天婦羅、炸些大蝦、墨魚、素菜等。最難學竟是調製日本醬汁，其中有天婦羅汁、豆豉汁等六種，學會了，蘸着吃才有吃地道日本菜的感覺。我只學了一點皮毛，但已經覺得可以一顯身手了。但向誰顯身手呢？我對媽媽說，媽媽很高興，她說這個星期日一家人齊集，嚐嚐我的日本料理。」

嚴寒的面孔解凍了

這一晚，最後竟是姐姐、你和弟弟哭做一團，媽媽也眼濕濕，爸爸卻獨自繼續吃他的素菜火鍋，一邊吃，一邊說：「這個衰女又幾叻嚁！」

最初，大家都圍着的，看你做紫菜飯糰，姐姐還學着做。吃的時候，已經有小高潮，你特地買了一瓶日本清酒「薩茄」，給爸爸倒了一小杯。那些蟹條飯糰和墨魚飯糰，叫弟弟老豎起手指公，連耳仔也動了！媽媽瞇着笑眼說：「在日本館子吃，二十元一客呀！」

第二輪是天婦羅，開個油鍋，各種蔬菜、大蝦、墨魚放在一旁，還有你精心炮製的醬汁，弟弟一邊吃一邊叫：「二家姐萬歲！」叫姐姐吃醋，爸爸原來最喜歡天婦羅，一邊自己動手炸，一邊喝清酒，不時用欣賞的眼神看你。你說：「嚴寒的父親面孔，竟在天婦羅的熱騰騰蒸氣中解凍。」

到第三輪你的鰻魚香飯端出來，香氣撲鼻，又叫大家食指大動。

還有煮魚糕和鵝肉雞蛋卷放到面前，姐姐說：「我很感動，妹

妹，你為我們做了一頓畢生難忘的好菜。」媽媽説：「傻女今天清早七點鐘就在廚房準備了！」

HOME, SWEET HOME !

阿貞，一些家庭容易出現糾紛，常常就是缺乏聚在一起來分享的機會。你這個家其實是挺可愛的，父親雖然重男輕女，但亦有溫情一面，你與姐姐弟弟是媽媽一條管道生下來的，有什麼情比血肉同源的兄弟姐妹更深？過去你有誤解，先把自己劃離這個家，喃喃自語説自己是異種，這種錯誤的想法只會使你和家庭疏離，今次就憑一頓日本料理，和你要大顯身手的希望，就使一家人從來沒有這麼相親相愛過。當你端出栗子羹甜品，弟弟吃了幾口，就跑到你座位前，疼你的面頰，説：「二家姐，我過去常常對你不禮貌，你要原諒我！」你聽了，立即看看姐姐，説：「家姐呀，我也常常對你不禮貌，我愛直呼你的名，不肯叫家姐，我向你道歉。」這樣，姐姐也走到你的座位前，你們三姐弟竟抱做一團，哭做一團！

愛，那真是喜樂的泉源。現在你回家，覺得一屋溫暖，窗明几淨，慈愛的媽媽在微笑着，你説：「這是我的家，甜蜜的家！可愛的家！我何曾是什麼異種，都是骨肉相親啊！」我讀了你的信，十分感動！

給阿潤的信

了解自己，心安理得

殺雞殺猴的故事

阿潤，有些事情在學校裏不方便說，就想到寫信給我。很好，你的遭遇也確使我心焦，我正在想辦法幫助你。

那是兩年前的事，中二班主任突然很暴躁，因為有兩個同學飛紙團，他大罵一頓之後，竟罰全班同學遲二十分鐘放學。你那時在我勸勉下，讀了一本《中學生認識一點邏輯》的書，書裏的例子，對你啟發很大，今次班主任因為班內兩個同學不守紀律，卻被教師推論為全班同學不守紀律，你覺得這是不合邏輯的，你就憑一點新認識，大膽地說出來，說：「黃 Sir，我不同意你的做法。」黃 Sir 瞪着燈籠眼，詫異地說：「我做什麼事要得你同意？你是校長嗎？」

你憑道理說：「這不是講權威，是講道理的，阿 Sir，張子威和王偉成上課飛擲紙團，犯了規，但其他同學沒有犯規啊，為什麼要一同受罰？」

黃 Sir 說：「這叫殺雞警猴！」你說：「這不是殺雞警猴，你的做法是殺雞兼殺猴，濫殺無辜。」你自問言之成理，因此心中不怕，卻叫黃 Sir 氣得七竅生煙。

優等變「肥佬」

阿潤，你說：「這真是個有強權、無公理的世界，哪怕是一間學校。」

因為，最後你竟漏出了一句說：「阿 Sir，你的做法不合邏輯。」黃 Sir 勃然大怒，說：「你在拾誰的牙慧？知些皮毛，敢向老子拋書包！我宣佈除張子威和王偉成外，其他同學放學可以走了，但陳國潤例外，他頂撞老師，理應受罰。」

你當時嚥下這口氣。同學們不少同情地看你，還有人小聲說：「阿潤，你係耶穌，你替我們背負十字架！」

後來，你以為事情過去了。不料以後凡黃 Sir 的課，你都面對他的挑剔。你是不服氣的，覺得黃 Sir 沒有做老師的品格。可能因此面部表情不妥，黃 Sir 更視你為眼中釘。

期末考試，有一堂，他支開你去校工室取粉筆，後來向同學宣佈幾點必考範圍，你沒有聽到，那幾點十分冷門，還要大量強記材料，因此，你沒有細讀。豈料題目有半數在此範圍內，因此，一向這科得優的你，竟無端端「肥」了！你欲哭無淚，覺得冤情太深，從此變得氣餒而無心向學。

噩夢又要開始？

阿潤，你覺得面對黃 Sir，心理壓力很大，你會以失敗人生告終，你甚至極端地説：「他代表一種惡勢力，也許我老積，我只能在惡勢力前低頭。」於是你決定轉校，幸運的是十分順利，中三下學期你轉到另一間中學去。

來到新環境，你決定不問世事，一心讀書，幸而班級老師與同學對你不壞，你又恢復常態。

但是，上週學校開放日，你負責校門招待。下午二時，你正呆站着，突然，黃 Sir 出現眼前，他獨自來參觀。你説：「他看見我竟愕然，我大方地微笑，但他神情肅穆，沒有跟我打招呼。我心中怏怏然很不快樂，不料後來看見他與訓導主任在一角絮絮不休地細語，我直覺他在説我的壞話——呀，噩夢又要開始？我逃不脱他的魔掌？」你因此發展成憂心忡忡，怕學校對你印象轉壞。但是，靜觀一週，又似乎沒有什麼變化，希望一切都是你過敏，但心理是一種奇妙的東西，你因此又墮入鬱鬱不樂的羅網中，相信有一天訓導主任會把你召去……

氣質與性格

阿潤，我分散叫朋友查看有誰認識你學校的訓導主任，然後去了解一下。但最重要是你的自我表現，你成績好，你品行表現叫老師滿意，那就不用懼怕什麼了！學校畢竟是理性佔上風的場所，盲目的、情緒化的、心胸狹隘的老師只會是極少數。

不過你的遭遇，在大社會裏是平常事，一個人受點委屈，也沒有什麼大不了，你何必耿耿於懷？只要你認定目標，有正確的價值觀與人生取向，就不管各種壓力與橫逆，走你的陽關大道。

你的氣質是冷靜型，氣定神閒，做事講規律講理性，但失諸於精神過敏，一點小事也可以產生憂慮。阿潤，你要知道自己的氣質與性格，了解自己，人的氣質不會終生不變，你多參與同學的活動，亦多作戶外運動，使自己開朗起來。我看，黃 Sir 確有不對的地方，教師在處理師生關係上，並非都盡是合理的，有「屈」學生的表現，遇上如你的學生，就會造成傷害，但問題也出在你的氣質與性格，使事情不易化解，兩年過去，黃 Sir 不會説你什麼壞話，你放心好了！下次見面，再與你詳談吧！

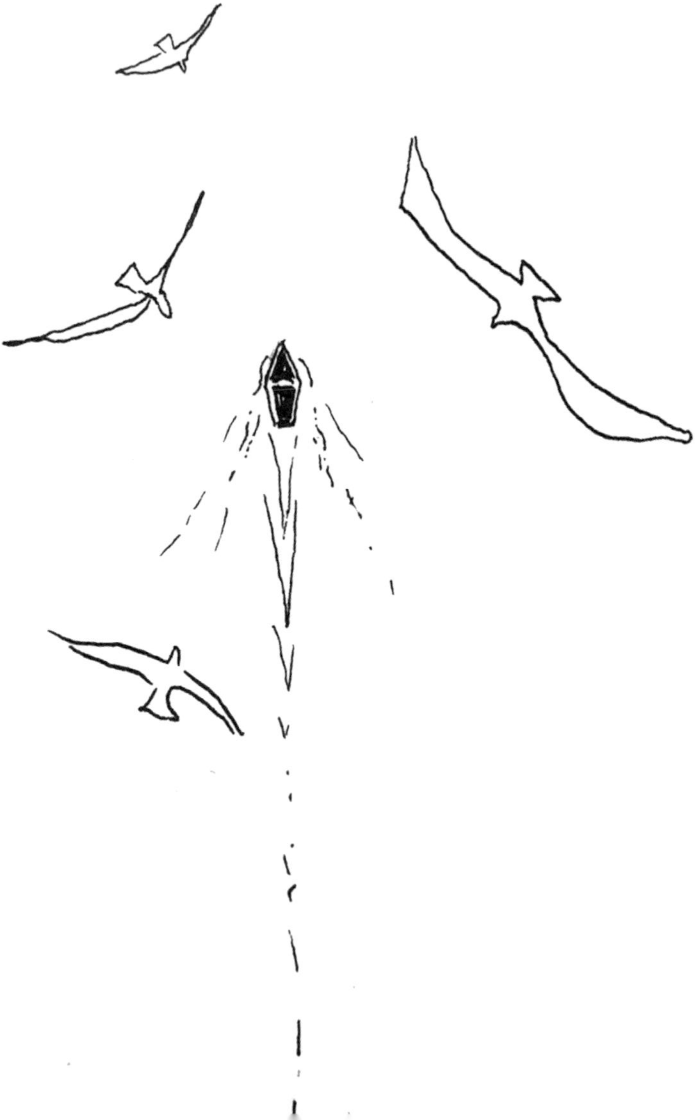

給阿霞的信

是反省的時候了

心中怏怏不樂

阿霞：記得去年聖誕節後，你來看我，精神俊朗，今日收到你的信，知道你心亂如麻，老覺得怏怏不樂。

為什麼不快樂呢，你說出了兩個原因：第一，可能因為你最喜歡的老師 Miss 鍾辭了職，你說：「現在我上學有舉目無親的感覺，其他老師有的輕佻，有的賣弄，有的香水撲鼻，有的與學生談炒樓，津津樂道，而 Miss 鍾是那麼典範，老是一套長衫，唇角永遠帶着微笑，同學學得好的，她說學無止境，告誡我們莫驕傲；學得不好的，她會說些娓娓動聽的故事，告訴我們愛因斯坦小學時算術不及格。她和藹、幽默、風度閒雅。這樣的教師形象，似乎只有小說裏才找到。她春風化雨，使我們如沐春風。但，據一些內幕消息，她是被人家逼走的，因為她事事認真，校長常在眾教師前推許她，卻招來妒忌，竟被另一羣教師杯葛，她是個與世無爭的人，怕自招麻煩，因此就辭職轉到九龍另一家校風嚴謹的學校去了。」你問我可有什麼辦法，也能轉到這所學校，追隨

Miss 鍾。阿霞，這可説來話長。

聰穎與高傲

阿霞，我且聽你再説説第二件事。上月你和妹妹大吵了一頓，後來她扭着媽媽，説要與你分房。她叫菲傭阿 Ann 和你同房，自己寧睡工人房。媽媽為此和你兩個説了又説，但仍然是僵持不下。媽媽沒法，就放任不管。現在放學回家，妹妹板起黑臉，又常常把自己關在工人房內。你説：「這個妹妹，我絕對安了好心腸，她比我小兩歲，功課差一點，我是願意為她補習的，但補習了幾次，都是她不快樂，我嫌她懶動腦筋，總是不歡而散……」

阿霞，看了你傾訴的兩個問題，我似乎發現問題所在了。

記得中一時我當過你一年班主任。你天資高，人聰穎，但卻有點孤獨，似乎愛離羣，和同學關係不冷不熱的。

看來，三年過去了，你這方面大抵沒有改正，還有可能加上點高傲。你試問問自己三個問題，如果答案是肯定的，那麼，我的觀察不會錯。回答問題要誠實，如果兩者都有可能，就以接近一方作答案。

孤芳自賞的傾向

阿霞，以下三個問題請你作答：

1. 你的好朋友很少，這些朋友可以講講心裏説話，你覺得他們不及你聰明，甚至有點笨，所以你放心和他們結交為好朋友。

2. 一天過去之後，你覺得今天欠了些什麼，沒有滿足的感覺，例如那天成績卷派回來，你得到滿意的分數，或者有人稱讚你，那麼這一天你又覺得頗滿足。

3. 你心中有不少你瞧不起的人，某甲言語粗鄙，面目可憎；某乙「有姿勢，冇實際」；某丙行為幼稚，廢話連篇……

這三個問題，你的答案是肯定的，那麼你確有孤芳自賞的傾向，即使有兩題是 Yes 的，也屬為人高傲之列。

阿霞，這個世界沒有完美的人，即使你十分欣賞的 Miss 鍾，相信她也會有缺點。而且一個人的聰明才智和品質，也不會終生不變。

你眼中學校的老師都無一是處，你可曾冷靜地觀察，他們每個人亦有一些優點？

是反省的時候了

阿霞，一個人有謙虛的情操，他的人緣一定很好，朋友多了，快樂也多了，成功之路也會通暢。

香港確有一羣「醒目仔」、「醒目女」，但他們最容易犯的，是自視過高。中國人有謙虛的精神，愈有料，愈是平易近人。有一句老話：「金無足赤」，原來最純的金也是九九九金，不免有點雜質，人也一樣，因此，我們不可苛求別人。我曾看過一幅漫畫，是一個人挑了兩個籮，擔挑挑在前的籮，盛着「自己的優點」，而後邊一個籮，盛着「自己的缺點」，自己的優點看得清清楚楚，而缺點好不容易才看見。阿霞，你的孤芳自賞的毛病，大抵這幅漫畫可以諷刺你一下。

你說總覺得妹妹懶動腦筋，看來你輔導她的功課缺乏耐心。你看，在妹妹眼裏，你也不算是個好老師。為什麼和妹妹鬧翻了？你可有欣賞她，讚美她的表現麼？還是動不動說她笨，說她蠢呢？阿霞，這一回我不停批評你，你大概很不高興，但人是要反省的，是你反省的時候了。下次見面，我再聽聽你的意見吧。

給少峰的信

虎頭鳳尾龍作膽

妙在畫龍點睛

少峰，你每月給我一信，並且請我修改一下，把原信寄還給你。哈，有相同請求的，你是第二位了！風源移民多倫多以後，也是每月給我一信，説他的中文退步了，用這個辦法，叫我為他「Keep Fit」，監察着他的作文會否如「江河日下」。其實，他和你的作文都寫得好。你問是不是規範、嚴謹的作文才算好文章。我一直主張文章要寫得「活」，有時代氣息，靈活反映生活和作者的思想感情，那就是好文章。「嚴謹」是一種寫作態度，不是指「話必嚴肅」；「規範」是指不隨便污染文字，例如不取「呢 D」、「嗰 D」等方言，盡量用全球華人都懂的白話體。但偶一用用俗語，香港人口頭常用的英文，能收畫龍點睛之妙，中間尺度掌握得宜，文章才「活」、「放」，因而吸引讀者。

你今次給我的信，談你的弟弟一件趣事，很吸引我。你偶然翻看弟弟的作文習作，讀到一篇題為《我長大了要做個好爸爸》的習作，你一看就失笑了，這題目太似電視上某花生油的廣告用語啦！後來你取笑他：「喂，你的虎球嘜牛油推銷得好嗎？」他聽了沒有笑容。

天生的大律師

少峰，我讚許你的態度，弟弟知道你「偷」看他的作文習作，報以不寬的面容，你立即道歉，「猛 Say sorry」。弟弟終於噗哧一笑了。

弟弟說：「我知道你的志願是做個大法官，那麼，我長大了應做什麼？做大港督？」

你說：「聰明，因為你做了好爸爸後，還可以再多一項。」慧黠的弟弟笑說：「做了大法官，還可以多項並存呀！」你搔搔頭，他笑得更響：「傻哥哥，你還可以做大情人、大丈夫、小男人、大快活老闆……還有你還可秘撈做大師爺……」

你的弟弟詞鋒很利，反應敏捷，把你揶揄一頓。「他只是個才升上中一的豆丁，卻叫我無法招架，看來他是個天生的大律師！」你也說得妙。

以上就是一篇現成的生活小品，弟弟在你筆下已躍然於紙上，讀來趣味盎然。

嚴謹，卻不是拘謹，這就容易使文章寫「放」；盡瓢生活源頭的活水，而不是倣效《優秀作文一百篇》之類的作法，拾人牙慧，那就是「活」。

傻哥哥和黠慧的弟弟

少峰，聽你敍述下去，我想你這位弟弟一定是個有思想深度的小子。

你說：「你長大後要做個好爸爸，豈非太容易麼？到了合法結婚年齡，找個賢慧、健康的妻子，然後，生兩個孩子，學好本領將來買間屋子，找一份餘閒多的理想職業，然後修練好脾氣，像我們的爸爸一樣，你必然會做個好爸爸！」

「傻哥哥，你的補充已經有一大堆，要做成每一件都不簡單，你這『豈非太容易』的結論下早了。有一對孩子、有間屋子、有理想職業、爸爸媽媽都要有好脾氣，這些都容易嗎？你說呀？」

你漸漸發覺你的城池已失，他向你直搗黃龍！

「傻哥哥呀！我有三位要好的同學，但都欠了一個好爸爸。呂志豪的爸爸移民後，就把家人放下不管，志豪常常鬱鬱不樂。阿 Sam 的爸爸最近迷上卡拉 OK，隔晚請朋友回家大唱特唱，吵得阿 Sam 無法溫習，功課大倒退。偉然的爸爸是工作狂，很夜回家，做夢也是喃喃自語講股票財經，從來不帶兒女度假，連飲餐茶都沒有。」

虎頭鳳尾龍作膽

少峰，你竟興起一句：「唉，幸福不是必然的，我們要珍惜爸爸、媽媽對我們的蜜糖般的感情！」這就是文章的動力，你的弟弟，給你獻上一篇既有生花妙筆，又有生活內涵的作品，而且都源於真實生活。

我們還是把話題轉到作文這裏來吧。第一段以兄弟對話作引子，並且透過對話把主角人物的性格掬於讀者之前，讓讀者如見其人。

第二段透過「做個好爸爸」容易還是不容易的辯論，說明一個道理，很多事情知易行難，看似簡單，即實在花了當事人不少心血。

第三段，敍述弟弟三個同學的家庭遭遇，抒發作者的感情，為缺少家庭溫暖的人家寄上同情。

第四段，以哥哥一串感想收結全文，全文主旨輕輕浮現——親情何等寶貴，我們要珍惜這份幸福。

「虎頭鳳尾龍作膽」，這是讚譽一篇文情並茂、結構鋪陳都好的常用句。少峰，我對這篇「師生對話談寫作」十分滿意。

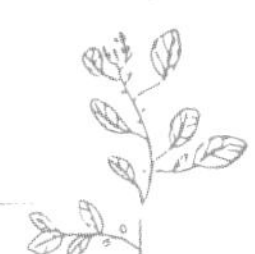